漱石先生、探偵ぞなもし

半藤一利

PHP文庫

JN150234

○本表紙図柄＝ロゼッタ・ストーン（大英博物館蔵）
○本表紙デザイン＋紋章＝上田晃郷

はじめに

夏目漱石は一八六七（慶応三）年二月九日（当時は陰暦で一月五日）江戸牛込馬場下横町（現新宿区喜久井町一番地）に生まれている。それで来年の二〇一七年は生誕百五十年ということになる。

作家として十年ちょっと活動して一九一六（大正五）年十二月九日、胃潰瘍からの内出血でこの世を去った。二〇一六年の今年が没後百年になる。

漱石は、もともとは大学の先生であったのであるが、教授として身を完《まっと》うするよりは作家たらんとの決意を本気で固めたのが一九〇六年秋である。その頃の書簡が残されている。

「百年の後、百の博士は土と化し、千の教授も泥と変ずべし。余《よ》は吾文《わがぶん》をもって百代の後に伝えんと欲するの野心家なり」（十月二十二日付、森田草平あて）

死してより百年、その決意どおり、いまなお、漱石文学は多くの人に読まれている。その偉大さに心からの敬意を表してこの一冊を送りだす。

漱石先生、探偵ぞなもし　目次

第二話 『坊っちゃん』『草枕』の周辺散歩 63

第二部　中国文学と漱石俳句

第一部　漱石文学を探偵する

プロローグ　漱石文学は現代文学である

　ある時期には、たとえば小林秀雄や河上徹太郎たち文壇の主流から「大衆文学作家」と評価され、敬遠されていたことがあった夏目漱石が、いまは〝文豪〟と呼ばれ国民的作家になっている。そのわけにはいろいろな説もあろうが、漱石の小説のほとんどに、いわゆる文明批評と日本人論が織《お》りこまれ、時代を鋭く見抜く先駆性が秘められているからと、勝手にそう思っている。

　わたくしは「歴史探偵」と自称しているほど歴史が好きなので、漱石の小説を単に文学としてではなく、広い意味で歴史的な観点から読める作品として読んできた。その過程で、漱石の卓抜《たくばつ》した文明批評眼には、何度も舌を巻いた。そして脱帽していらい「漱石先生」と呼ぶことにしている。

　よく知られるように、東京帝国大学や旧制の第一高等学校などで、英文学や英語の教鞭《きょうべん》をとっていた夏目金之助先生が、ペンネームを漱石として、小説『吾輩は猫である』一章を書いて大そう人気を博し、作家への第一歩を踏みだしたのは明治三十八（一九〇五）年一月のこと。いまから数えて百十一年前ということになる。漱石三十八歳のときのスタートである。翌春には『坊っちゃん』を二週間足らずで書きあげ、秋には『草枕』と矢《や》つぎ早《ばや》にまことに異色の、独特の小説を書きあげ、作家の地歩《ちほ》を完全に固めた。

それにしても、漱石先生はなぜ、前途安穏《あんのん》たる大学教授の地位と名誉を捨て、みずからがいうように「打死をする覚悟」で作家の道を選んだのであろうか。その疑問を解く鍵は、そのスタートの時期にあると考える。

漱石が小説を書きはじめた明治三十八年は、日露戦争で日本軍が、一月に天王山ともいうべき旅順要塞の二〇三高地を陥落させ、五月にバルチック艦隊を撃滅して、日本中が戦捷《せんしょう》に沸き返っていたときである。ということは、作家としてデビューした漱石は、否応なしにそうした戦勝国となって「浮かれ、のぼせだした」日本と、真っ正面から向き合って、創作活動をはじめなければならないことになる。

ならば、日露戦争後の日本は、いったいどんな国になりつつあったのか。ここが問題なのであるが、一言でいってしまうと、立身出世主義の謳歌、それにともなう学歴偏重の傾向が強まり、さらに戦勝後の起業熱と投機熱でむれ返り、金権主義と享楽主義とが大手をふって闊歩《かっぽ》する、つまり国全体が夜郎自大的な大国主義への道を歩みはじめていた。しかも構造的にはきびしい機能主義と合理化とが要求され、結果として人びとは激しい競争社会のなかに放りこまれる。そうした日露戦争後のこの国を覆った苛烈な風潮の影響で、日本人は戦争前までもってきた緊張感を失い、昔ながらの善良な、麗《うるわ》しい人間性をすり減らして、どんどん功利第一主義的になり悪くなっていく、そういう国へと変貌していった。

作家として漱石は、そうした成金主義の日本の明日を心から憂えたのである。『三四郎』の冒頭の、東大に入学するために上京する三四郎と、車内で同席した男（広田先生）とのあまりにも有名な会話がある。

「……（三四郎は）『然《しか》し是《これ》からは日本も段々発展するでしょう』と弁護した。すると、かの男は、すましたもので、『亡《ほろ》びるね』と云った……」

この『三四郎』が書かれたのは明治四十一（一九〇八）年の夏、それから昭和二十（一九四五）年八月、太平洋戦争の敗北による大日本帝国の亡国まで、たった三十七年である。漱石の「亡びるね」の予言はあまりにも見事に当ってしまったことになる。

さらに、翌四十二年に発表された『それから』でも、漱石は日本の危うさをこう指摘する。

「……日本は西洋から借金〔精神的文化的な〕でもしなければ、到底立ち行かない国だ。それでいて、一等国を以《もっ》て任じている。……あらゆる方面に向って、奥行を削って、一等国丈《だけ》の間口《まぐち》を張っちまった。……目の廻る程こき使われるから、揃って神経衰弱になっちまう。……日本国中何所《どこ》を見渡したって、輝いてる断面は一寸四方も無いじゃないか。悉《ことごと》く暗黒だ……」（六章）

さらに漱石は、外から西洋文明を導入して急速につくり上げた近代日本を「煙草を喫《す》っても碌《ろく》に味さえ分らない子供のくせに、煙草を喫ってさも旨そうな風をし」ているようなものと看破《かんぱ》した。「虚偽でもある、軽薄でもある」と糾弾し、「夫《それ》を敢《あえ》てしなければ立ち行かない日本人は随分悲酸《ひさん》な国民と云わなければならない」（明治四十四年八月の講演『現代日本の開化』）ともいい切るのである。

どうであろうか。日露戦争後のこの国と、いまのわれわれの生きている平成の日本とが、その社会風潮の上でまことによく似ているのではあるまいか。学歴偏重の出世主義、金が最高とする金権主義、享楽主義、そしてこれらの流れからとり残された者たちのニヒリズムや悲観主義、若ものたちの就職難とリストラ、緊張感を失った人びと、エゴイズムの社会支配……漱石がその作品をとおして一途に訴えているのは、わかりやすくいえば、いまの日本のごく薄っぺらの繁栄のなかの人間の質の問題と同じである。物ではなく心の問題である。

ありようは全速力で疾走をつづけてここまできた戦後七十年の日本。物質的には世界に冠《かん》たりと高慢な声を放ちつつ、いわば神経衰弱にかかって気息奄々《きそくえんえん》、先行き不明の昨今の世情。「気の毒と言わんか憐れと言わんか」、漱石先生の言葉はそのまま現代日本に当てはまる。決して死語となってはいないのである。

周囲の華やかさに惑わされ、無批判、無自覚のまますきめられたレールの上を一直線に運ばれるばかりではなく、情報化や合理化、画一化、非人間化などによってもたらされる人間疎外や孤立化、いいかえれば、現代人が直面している不安や焦燥や幻滅の原因をさぐるヒントが、漱石先生を読むことでつかめるかもしれないのである。つまり百年以上も前に書かれた漱石文学は、現代の文学といえるのではあるまいか。

第一話　『吾輩は猫』と遊び戯れる

「山会」について

大学の英文科の講師（いまの准教授）であった漱石が、突然、発奮《はっぷん》して小説を書きだしたのか、そのことについて、簡単に書いておく。実は『吾輩は猫である』（以下『吾輩は猫』とする）一章は、高浜虚子《たかはまきよし》の勧めで、根岸の旧子規庵でひらかれていた山会《やまかい》で朗読してもらうのが目的で書かれたものであったのである。虚子の『漱石氏と私』という回想録がそのことを明らかにしてくれている。

明治三十七年十二月のある日、虚子は山会へゆく途中、千駄ヶ谷の漱石の家に寄ってみた。神経衰弱を癒すためにも、何か書くようにと前からしきりに勧めていた虚子は、まさかと思っていたのにさも約束を守るかのように漱石が、長い文章を書いていたので大いに喜んだ。さっそくそこで自分で朗読して、無駄と思われるところをいくつか指摘した。漱石はかなり不服そうであったけれど、虚子の言をいれて削除したり修正したりした。タイトルは「猫伝」とするか、冒頭の「吾輩は猫である」という一行を採るか、漱石が決めかねているのを、これも虚子が「これはもう後者のほうが断然いい」ときめて、漱石を納得させる。虚子はその原稿をもって根岸の山会に出席（漱石は欠席）、仲間の前で読みあげた。

「一同に『兎《と》に角《かく》変っている』という点に於て讃辞を呈せしめた」

と虚子が書くように、それは大好評をもって迎えられたのである。虚子はさっそく自分の編集している「ホトトギス」三十八年一月号にこれを掲載することにした。お蔭で雑誌はよく売れて、そしてこの小説が、文豪誕生へのきっかけともなるほどの大評判になったのである。

では、この山会とは、そもそも何であるか、ということになる。これも簡単に書けば、いまは亡き正岡子規が、明治三十年一月に松山で創刊した俳句雑誌「ホトトギス」に、東京へ移ってからは短文や日記や小説を載せるようになり、そのためもあって、三十三年九月から同人たちが文章を持ち寄って朗読し批評しあう会として、子規が発足させたものであった。淡淡たる写生文であっても文章にはかならず山がなければならない、実際に見聞したことに山がなければ、自分の頭で製造してでも山をつくらねばならない、というところから「山会」と会名がつけられた。月に一回ひらかれ、この席上で同人に認められた作品でなければ「ホトトギス」には掲載されないこととなっていた。

そして、この山会は、明治三十五年九月に子規が死んだあとも、こんどは虚子を中心につづけられた。ただし、翌年春、ロンドン留学から帰国後に千駄木町に住んだ当座の漱石が、この旧子規庵や虚子の家でひらかれていた山会に、ちょくちょく顔をだしていたかどうか、あまりはっきりしない。

ところが三十八年の三月からは山会はときとして物書きの一員となった漱石宅に移ったようである。虚子はもちろんのこと、坂本四方太、寺田寅彦、野間真《まさ》綱《つな》、野村伝四、中川芳太郎たちがきまって出席した。三十八年九月十一日の中川あての書簡では、漱石は鈴木三重吉にも文章会への出席を説いている。三十八年暮に漱石門をくぐった森田草平ももちろんただちに同人に加わった。

こうなると台所をあずかる鏡子夫人としては、ワイワイ騒ぐ文学青年たちの楽しさとは別に、ほとほと困却したに相違ない。娘たちにとっても大迷惑であったことであろう。

しかも、漱石先生も山会のホストとなってはみたものの、だんだん会にでることが面倒になっていったようなのである。朗読が性に合わなかったのか、虚子あてのつぎの手紙がそれを語る。

「小生近来は文章を読む事が厭《ママ》きた様だから自分に構わず開いて頂戴。（中略）一体文章は朗読するより黙読するものですね。僕は人のよむのを聞いて居ては到底是非の判断が下しにくい」（明治三十八年十一月二十六日）

漱石は文章朗読会としての山会には、もうこの前後からちょっぴり消極的になっていた。それであるから、同年の十二月九日に虚子宅でひらかれた肝腎《かんじん》の山会には欠席なのである。そしてまた、中心となるべき虚子その人も、子規の山論にはもともと賛成でなく、自分の書くものには山のないことを常々いっていた。こうして山会はやがて自然に杜絶《とぜつ》して、明治三十九年十月から、毎週木曜日を定められた面会日とする、という漱石邸の「木曜会」へと発展していったのである。どっちにしたって、家族の迷惑なことには変りなかったが……。

ている。

「頓と」について

「吾輩は猫である」と書きだされたいわゆる『吾輩は猫』は、つぎがこうつづいている。

〈名前はまだない。どこで生れたか頓と見当がつかぬ〉

この「頓」にどこの出版社の文庫本も「とん」とルビをかならずふってある。まったく、ちっとも、といった意味の「とんと」はいまは死語になっているらしく、トント耳にすることはない。東京は下町生まれの爺《じじ》いである私は会話なんかでは「とんと知らねえな」とか「とんとお目にかかったこたあねえ」とか、よく使うが、文字で「頓と」と書いたことはない。多分、漱石は彼一流の当《あ》て字《じ》で「頓と」とやったものではないかと疑っている。

なぜなら、頓の字は誰もがよく知っているであろう言葉で「頓死《とんし》」がある。つまり、そもそもの意味は躓《つまず》くから転じた、突然に、にわかに、急に、ということが第一。それに、手紙のおしまいの結びの言葉として昔はよく「頓首《とんしゅ》」と書いたように、首を下げる、お辞儀をする、の意で使われた。「いやあ、社長にがみがみ言われて閉口頓首したよ」なんて、飲み屋なんかでサラリーマン諸君がぼやいているのをよくみかけたものである。そういえば『吾輩は猫』のなかの手紙にも「頓首九拝」という言葉があった。ように覚えている。

いや、漱石は実際に数多く書いている書簡でもよく「頓首」を使っている。明治三十八年十二月三日の高浜虚子あての、ちょっと面白いのを例に引いてみる。

「(前略)僕先《せん》だって赤坂へ出張して寒月君と芸者をあげました。芸者がすきになるには余程修業がいる。能よりもむずかしい。今度の文章会はひまがあれば行く。もし草稿が出来ん様なら御免を蒙《こうむ》る。以上頓首」

謹厳なる漱石先生の芸者遊びの一席である。酒が飲めなきゃお座敷遊びが面白いはずはない。能よりむずかしいなんて、笑わせるというしかない。

が、頓の字で何といってもいちばん使われているのはトンマ、これも昔は当て字で頓馬と書いた。まぬけ、のろまなどと同義の語。『大言海』をみると「のろまの転訛《てんか》」と語源を説明してくれているが、『皇都午睡』という江戸時代の本には「馬鹿者をとんちき」といい、この「とんちき」の「とん」と、「のろま」の「ま」がくっついて「とんま」という語ができたとあるそうな。

〈『私は徹頭徹尾反対です。……』と云ったが、あとが急に出て来ない。『……そんな頓珍漢な処分は大嫌いです』とつけたら、職員が一同笑い出した〉

漱石『坊っちゃん』の一節である。このトンチンカンも、もちろん当て字で、こっちは鍛冶屋の相槌《あいづち》の音にもとづく。交互に槌を打っていっしょにはならないところから、この言葉ができたという。へエーと感心した。

そのほか「頓智《とんち》」「頓才《とんさい》」とか「すっ頓狂《とんきょう》」とか「無頓着《むとんちゃく》」とか、頓のつく語にはどれもどこか愛嬌があり、何ともいえないユーモアがある。それで漱石は好んだのだな。

どうも、のっけから探偵の調査報告みたいな話ではじまった。探偵嫌いの漱石先生が泉下で顔を顰《しか》めていることであろうが、このまま探偵をつづけていく。

タバコの話

春風とともに、何となしに本居宣長の和歌を口ずさんだりする。

敷島のやまとごころを人とはば朝日ににほふ山ざくら花

と同時に『吾輩は猫』の主人公の苦沙弥《くしゃみ》がプカプカするタバコのことが頭に浮かんでくる。はじめのほうで苦沙弥先生は煙草の「日の出」をふかしている。たとえば、

〈主人は黙って日の出を輪に吹いて吾輩にはそんな勇気はないといわんばかりの顔をしている〉（一章）

といった風にである。これは天狗煙草の岩谷松平が製造販売していた煙草の名であった。これが物語の中程から後半になると、突然「朝日」に変る。

〈主人は無言のまま座に着いて寄木細工の巻煙草入れから『朝日』を一本出してすぱすぱ吸い始めたが……〉（六章）

さらに最後の十一章になると、

〈煙草でもですね、朝日や、敷島をふかしていては幅が利かんです〉

と九州佐賀出身の多々良三平が埃及《エジプト》煙草をすぱすぱやりだしている。

「そんな贅沢をする金があるのかい」と苦沙弥が聞く。すると、

〈金はなかばってんが、今にどうかなるたい。この煙草を吸ってると、大変信用が違います〉

三平は胸を大きく張るのである。

いまや信用どころか、わが日本国では煙草吸いは泰平の天下を乱す極悪人視されている。小さくなって吸わなければならない。気の毒の至りと申しあげるほかはないが、ここでは苦沙弥の嗜好《しこう》がなぜ変ったのか、その推理の方である。

なんて威張るほどのことはない。実は、明治三十七（一九〇四）年七月一日、煙草専売法が施行され、私企業での煙草の製造および販売は全国的に許されなくなった。そのために「日の出」は店頭から消え、かわりに官製煙草として宣長の和歌に発する敷島・大和・朝日・山桜の四種類の口付き煙草が売りだされた。それで小説の主人公の吸う煙草が変ったのはやむなくなんで、まったく他愛のない答えとなる。

ついでにご紹介しておけば、口付紙巻き二十本入りの当時のタバコの値段であ

るが、敷島が八銭、大和が七銭、朝日が六銭、山桜が五銭であったという。苦沙弥はどちらかといえば安いほうのをプカプカしていたことになる。であるから、三平に馬鹿にされたのであろう。では、三平が吸っているエジプト・タバコは？ 明治年代ではなく、大正十五年の定価表しか探せなかったが、これがなんといちばん高いのが「ハイ・ライフ」で一本二十三銭なり、いちばん安い「アイシス」でも一本が四銭もしている。三平が胸を張って威張るのもムべなるかな、というほかはない。

それにつけて想いだす。神風特別攻撃隊の第一陣もまた、敷島・朝日・大和・山桜の四隊であったことを。新しく命名というときまってこの歌がでてくる。「人とはば」のあたりに「大和心」なんていう教訓めいたうるささがあって、世評ほどいい歌とは思えないが、日本人の心にはこの歌がなぜかピタリとくるらしい。でも、十死零生で飛び立った特攻隊の若ものたちの無念を思えば、春風に吹かれていい心持になってこの宣長の歌を詠ずるなんて、あるいは許されざることなのかもしれない。

知られざる一句

これまでの岩波の全集にもないし、文庫『漱石俳句集』にも載っていない漱石の句を紹介したい。『吾輩は猫』二章のごくはじめにある。

〈やがて下女が第二の絵端書を持って来た。見ると活版で舶来の猫が四五疋ずらりと行列してペンを握ったり書物を開いたり勉強をして居る、その内の一疋は席を離れて机の角で西洋の猫じゃ猫じゃを躍って居る。其上に日本の墨で『吾輩は猫である』と黒々とかいて、右の側《わき》に書を読むや躍るや猫の春一日《ひとひ》という俳句さえ認《したた》められてある〉

この「書を読むや躍るや猫の春一日」の一句である。明治三十八年一月号の「ホトトギス」は発売が前年の十二月末であるから、翌くる正月にはいくつもの年賀状を利用して『吾輩は猫』にたいしての讃辞が送られてきても不思議はない。そしていい気分で漱石が二章を書きだしたのが、荒正人『漱石研究年表』（集英社）によれば一月三日ごろと推定されているから、この句もあるいは実際に門下生かだれかの絵葉書にあったものじゃあるまいか、と見る向きも多いこと

であろう。しかし、わたくしはやっぱりこれは漱石の句であると断定しておきたい。小説のほうは――、

〈……誰が見たって一見して意味がわかる筈であるのに、迂闊《うかつ》な主人はまだ悟らないと見えて不思議そうに首を捻《ひね》って、はて今年は猫の年かなと独言をいった。吾輩が是程有名になったのを未だ気が着かずに居ると見える〉

とつづき、そこへ第三の「恭賀新年」とかかれた葉書がくる。その端《はし》っこのほうに「乍恐縮《きようしゆくながら》かの猫へも宜しく御伝声奉願上候《ねがいあげたてまつりそうろう》」とあるのをみて、ようやく苦沙弥先生は気づいてフンといいながら猫の顔を見るのである。

まったく苦沙弥をとおして表現されている江戸ッ子漱石の照れようは度を越している、と少々冷やかしたくなってくる。大好評にすこぶる御機嫌であることを隠して、およそ我不関焉《われかんせず》といったそぶりをきめこむのは江戸ッ子の通弊である。さもやっと気づいたように「吾輩」の顔をみてフンというあたり、猫に「腹の中は毒のない善人」であり、「単純で正直な男」とひそかに笑われていてもしょうがないということになる。

それにほんとうに門下生かだれかの句であったとしたら、これは失敬きわまり

ない話となる。苦沙弥の言葉を通して意味が通じない駄句であると江湖《こうこ》に宣伝されたと同じ仕儀になる。

それにつけても、ここではっきりいえるのは、初めて書いた小説の大好評にたいし漱石先生の喜びようは、どっこいなみならぬものがあったということである。二章をすぐに書きだしたことでも明らかであるし、この句の「躍るや」の一語でもわかる。秘してこそ花で一応は押し殺してはいるが、「書を読むや躍るや」の気持でウキウキしていた。しかも、この句と前後して熊本の白扇会の求めに応じて一月六日につくった連句があって、ものの見事に照合し合っている。すなわち「猫じゃ猫じゃとおっしゃいますが、猫が下駄はいて杖ついて、しぼりの浴衣で来るものか」と、躍っているのはまさしく御本人であり、そんなであるから「吾輩」が呆れるほど三椀の餅をぺろりと平らげる食欲の旺盛さも示しえたのである。

作家はほめられると力がついて一段と飛躍する、と昔からいわれているが、これは真理と思うほかはない。

それにしても猫が踊るのは見たこともないが……。ほんとうに踊るのかいな。

「行徳の俎」とは？

むかし大学のボートの選手をしていた当時、隅田川から鐘ケ渕の水門をくぐって荒川放水路に入り、それをずっと下って船堀川をへて行徳《ぎょうとく》付近にでて、江戸川を松戸まで漕ぎ上る、という小遠漕をこころみたことがしばしばある。いまでこそ地下鉄東西線がたちまちに運んでくれるが、そのころの「青べか」の町浦安や行徳は、漕げども漕げどもの、烟霞《えんか》のかなたにあった。調べてみれば、行徳は南北朝時代にみえる古い地名で、香取《かとり》神宮に関係深く、江戸期には成田不動尊や真間《まま》・国府台《こうのだい》への定期船が通う水路の、および時代小説によくでてくる行徳街道の要衝でもあったから、ずらりと旅宿や茶屋がならんでいたという。芭蕉も「鹿島紀行」で、水路をとって行徳で上陸、佐倉街道を進んでいる。

また、江戸湾口に近いところから、そのいっぽうで漁村でもあり、魚介類の江戸への供給地で、かつ有名な塩の生産地。ここから船橋あたりまで塩田がひろがり、年産三万六千石に達して江戸の消費を全部ここでまかなっていた。行徳塩といえば、大正六年の津波で無茶苦茶になるまで、明治の江戸ッ子にもなじみの名であったのである。

ボートを漕いでいって、その行徳辺で岸につけ小休止したとき、土地の古老から、馬琴やら芭蕉やらといっしょに、むかしは笹屋という有名なうどん屋があった話も聞いた。

「いまはなくなっちまったからしょうがないが、芭蕉や馬琴のあとは、なんたって夏目漱石よ」

とその人はいった。そう、行徳といえば、漱石先生がどうしても登場する。『吾輩は猫』の二章に、年賀にきた迷亭が、

〈……気にも留めない様子で『どうせ僕などは行徳の俎《まないた》という格だからなあ』と笑う。『まずそんな所だろう』と主人がいう。実は行徳の俎という語を主人は解さないのであるが、……〉

という正月らしいのんびりと目出たい一節があって行徳がでてくる。

苦沙弥と違って少しくまともな寒月が真率《しんそつ》に聞く。「行徳の俎とは何の事ですか」。とたんに苦沙弥は床の間に視線をやって、

〈あの水仙は暮に僕が風呂の帰りがけに買って来て挿したのだが、よく持つじゃ

ないか〉

と、例によってとぼけて話をそらし、ストーリーはどんどんさきに進んでいってしまう。それこそ行徳の俎は烟霞のかなたへいってしまう。でもやっぱり寒月君ではないけれど、すっとぼけた漱石先生に「行徳の俎の真意は何の事ですか」と探偵としてはだんぜん追究したくなる。

岩波の全集の注にはこうある。

「（行徳では）馬鹿貝がよく取れるので、その俎は馬鹿貝ですれているという意。馬鹿で人ずれのしていることを言う隠語」

以下、右にならえでいくつもの文庫の注もほぼ同様になっている。つまり、それらを綜合《そうごう》すると行徳の俎という言葉が実際に使われていたようになってしまう。が、そんな事実はないというのである。そこからわたくしの雑な類推になるのであるけれど、その出所は森田草平のつぎの説にあるのではないか。

「……つまり馬鹿で擦れている人間のことを、高座で落語家が『深川のはんだい』といったものらしい。愚按《ぐあん》ずるに、先生はその意味だけを記憶していて、行徳も馬鹿貝の産地だから『行徳の俎』と間違えられたものではあるまいか。しか

し確証がないから、聢《しか》とは申し上げ兼ねる」（全集・昭和十年版月報）

さらにさぐれば、この森田説は、漱石の謡曲の先生宝生新《ほうしょう》の、つぎの思い出の談話をうけて付記したものと判明する。

「ある時（漱石が）『深川の俎板ということを知ってるか』といわれるから『存じません』と申上げると、『あれはばかですれてるということだ』と仰しゃっていました」

宝生新によると、「深川の俎板」と漱石が間違いなくいったようで、それを草平が「高座で落語家が『深川のはんだい』といったものらしい」と自己流に正している。つまりは、漱石の落語好きに乗っかっての説なんである。じゃあ深川のはんだいなんて高座言葉があるのか、となって、わたくしは機会あるごとに何人かの知り合いの落語家に聞いてみたが、だれも知らないという。もちろん深川の俎も知らなかった。

ということで、そこから考えられるのは、あるいは明治三十年代には一般に通じていた深川の俎という言葉があり、それをわざわざ漱石先生がとっ違えて行徳の俎といった、要すれば漱石の造語なんではあるまいか。そうすると、行徳でも馬鹿貝がとれるからというあまり根拠のない推量だけで、「ばかですれてる」という意味だけですましてしまうのは、はたしてどんなものか。漱石が行徳の地名をわざわざ持ちだしたネライも少しは考えてみてもいいのではないか、と長いこと按じていたのである。

ところが、である。最近、別の必要あって中央公論社刊『久保田万太郎全集』第十三巻の随筆篇を読んでいたら、江戸ッ子久保万先生もこの問題にひっかかり、二回にわたって短いエッセイを書いているのにぶっつかって、思わず「わが意を得たり」と小膝を叩いてニッコリしてしまったのである。昭和十年から十二年にかけて書いた『さんうてい夜話』にある。

「森田さんの注釈（さきの月報の文章）をこんど読んで、わたくしは、あわてて、徳川夢声君に訊き、柳家小さん君に質した。……夢声君も、小さん君も、知らないといった。……そういう洒落《しゃれ》（深川の俎あるいははんだい）、楽屋での話の中でもつかいませんと小さん君はいった」（……は中略にあらず、念のため）

久保万先生は浅草生まれ、わたくしは向島生まれ、疑問に思ってやることは同ンなじなんであるな、と得意がってもはじまらない。要は、そこに書かれている浅草の某氏から万太郎が教わったという新解釈が、とてつもなく気に入ったことを、ぜひとも記しておきたいのである。

「（その人は）『行徳の俎』とは『年中塩《しょ》ッぱい』という意味の『塩ッぱいとは職人の言葉で銭がない、仕事がない、不景気なということ、行徳はその昔、塩の産地故の洒落である』といってよこされた」

ところで、久保万先生はなぜか「そうした意味では『猫』の本文の役には立たないが」といともあっさりこの説を捨ててしまっている。浅草ッ子らしくしつこくはない。が、漱石先生が塩の産地の古くからの地名をわざわざ持ちだしたのには、その意も深く静かに潜航《せんこう》させているんだと、浅草よりも行徳により近い向島ッ子はついつい啖呵《たんか》のひとつも切りたくなる。

行徳の俎は年じゅう塩ッぱい、わが身分もそれと同じで塩ッぱい毎日、いとも不景気なんですなと正月早々迷亭は嘆じたのである。わたくしはそう思う。そう思わなくてどうして冒頭に長々と、年産三万六千石の塩をつくった行徳のことをきちんと調べて、それを得々として書くものか。じつは行徳の俎のナゾを明かすための布石であったのである。

金田鼻子にはじまって

学者や研究家が指摘しているし、注意深く読んだ人ならだれでも気づくことであるが、『吾輩は猫』は第一章と第二章はどちらかといえば読み切りの短篇で、第三章から新しい人物も登場させ、話の筋がつぎに発展できるように仕組まれて、長篇小説らしくなっている。「此書は趣向もなく、構造もなく、尾頭の心元なき海鼠《なまこ》の様な文章である」と漱石自身は単行本の上巻の「自序」でいっているが、第一章につづく第二章の好評に大そう気をよくして、この小説を書きつづけるためには、筋が一本通った話をこしらえたるほうがよいと、いくらか考え直したことはたしかである。

その陣容立て直しのための愉快きわまる新登場人物が、つまりは隣家の実業家にして大金持の奥方ドノである。本名はもちろんあるのであるが、漱石は猫の観察眼に托して、訪れてきた金田夫人に鼻子と名をつけてさんざんにからかいこき下ろす。いうなれば、日露戦争後のにわか金持ち、戦争成金にたいする批判と嫌悪の情の表明なのであるが、これでもかこれでもかというくらい漱石は手きびしくやっている。少し長く引用する。
〈鼻だけはむやみに大きい。人の鼻を盗んで来て顔の真中へ据え付けたように見える。三坪ほどの小庭へ招魂社の石燈籠を移した時の如く、独りで幅を利かしているが、何となく落ち付かない。その鼻はいわゆる鍵《かぎ》鼻で、ひと度《たび》は精一杯高くなって見たが、これでは余《あん》りだと中途から謙遜して、先の方へ行くと、初めの勢に似ず垂れかかって、下にある唇を覗《のぞ》き込んでいる。かく著るしい鼻だから、この女が物をいうときは口が物を言うといわんより、鼻が口をきいているとしか思われない。吾輩はこの偉大なる鼻に敬意を表するため、以来はこの女を称して鼻子鼻子と呼ぶつもりである〉

手前はまだ名前をつけてもらっていないくせに吾輩は、人にあだ名をつけて得意になっている。それだけでも滑稽きわまるが、さらに金田鼻子が帰ったあと、迷亭が「年来美学上の見地からこの鼻について研究した事が御座居ますから、その一斑を披瀝《ひれき》して、ご両君の清聴を煩《わずら》わし度《た》いと思います」とやらかして、長広舌の一席をはじめる。それをまた吾輩は詳細に読者に知らせている。この大演説は長すぎるので略するが、真面目くさっての迷亭の研究をかいつまんでいえば、鼻汁をかむとき鼻をつまんで刺激するので、それをくり返しているうちに皮も肉も堅くなり、ついには骨となったという。それでもなお人間は鼻をかむことをつづけたので、左右が削りとられて細く高く盛り上がってくる。この迷亭が説くところの進化論の大原理によって、鼻が発達し顔の中で高く盛り上がって偉らそうに鎮座ましますようになった、ということになる。さらに、迷亭の演説は滔々《とうとう》と鼻と顔のバランスに及び、最後に鼻の形は遺伝するから、鼻子夫人の娘の鼻もいまは正常でも、潜伏期が終るとかならずや膨脹するに違いないと断言する。

ところが、この三章を書く時点での漱石の鼻にかんする研究（ホラ話？）はこれまでであったのであろう。それがどうやら残念に思えたのではないか、とわたくしは推理する。三章が「ホトトギス」に発表されたのが四月号、それから二カ月たった六月号に四章が掲載されるが、ここでまたしても鼻論を漱石先生は大いに展開しているのである。こんどは迷亭ではなく苦沙弥が鈴木藤十郎君を相手に思う存分に〝学〟のほどを示している。それを猫はニャンともいわずに聴いている。多分に漱石先生は西洋の古典をこの二カ月の間に書棚から引っぱりだして、鼻の研究に精出したものと思われる。

〈君シャーレマンの鼻の恰好《かっこう》を知ってるか〉とか、〈エルリントンは部下のものから鼻々と異名をつけられていた。君知ってるか〉とか、やっている。

さらにはスターンの小説『トリストラム・シャンデー』のなかの「鼻論」まで漱石は探しだしてきている。正直にいってこっちは「知ってるか」といわれたってシャレていうわけでなくほんとうに無学で、要するに珍粉漢粉《ちんぷんかんぷん》。「何をいってやがる、そんなの知っていたら英文学者になっていらあ」と啖呵をきって尻をまくりたくなるばかり。

それでも、なかにたった一つだけ、知っているのがあった。〈君パスカルの事を知ってるか〉の、そのパスカルである。

「クレオパトラの鼻、それがもう少し低かったら、地球の全表面は変っていただろう」（パスカル『パンセ』田辺保訳）

このクレオパトラの鼻の話にかんする名言なら、わたくしもその昔に中学校で習ったかして覚えている。ところが、『吾輩は猫』では少々わが記憶と違ったことを漱石先生は書いている。これには読むたびにいつも少々面喰っている。

〈もしクレオパトラの鼻が少し短かかったならば世界の表面に大変化を来《きた》したろうと〉

わが記憶の「低かったら」と、漱石の書く「短かかったら」。裏返していえば、「高い」と「長い」で、クレオパトラの鼻はいったいどっちであったのか、疑問とせざるを得ない。実際は、『パンセ』では、〝S'il eût été plus court〟で、どうも『吾輩は猫』のほうの「短かかったら」が正しいらしいのであるが、わが頭脳に刻みこまれた印象からすれば、クレオパトラの鼻はやや短いよりも、少々高慢ちきにツンと高いほうがよろしいのではないかと思えるのであるが。

それにしても第三章をひらくとすぐに、漱石先生はやたらに鼻という言葉を持ちだしていることに気づかせられる。金田鼻子夫人を登場させるための伏線には違いないだろうが、この鼻についてのこだわりはやっぱりおかしくなる。まず苦沙弥が亡き友への弔文の草稿を首をひねりつつ、〈天然居士《こじ》は空間を研究し、『論語』を読み、焼芋を食い、鼻汁《はな》を垂らす人である〉と案じるところからはじまって、〈今度は鼻の穴へ親指と人さし指を入れて鼻毛をぐっと抜く〉、かと思えば、〈抜き取った鼻毛を天下の奇観の如く眺めて〉、さらには〈平気な顔で鼻毛を一本々々丁寧に原稿紙の上に植付ける。肉が付いているのでぴんと針を立てた如くに立つ〉といった調子なのである。

かくて第三章だけでみても、鼻のついた語の登場度数を算したら、鼻子三十三回、鼻毛八回、鼻汁五回などなど総計百六回に及んでいる。よくも数えたり、お主はよっぽど暇なんだねえ、と笑われそうであるが、ついでに漢和辞典で鼻のつく字を検してみると、鼽《きゅう》（鼻がつまる）、鼾《かん》（いびき）、嚔《てい》（くしゃみ）、洟《てい》（鼻汁）、衄《じく》（鼻血）、齅《きゅう》（寝息）、皰《ほう》（にきび）などが見つかって、何となくいつかどこかで使ってみたくなってきた。

さはさりながら、なぜにかくまで漱石が鼻に執したか？　とわざわざ設問するまでもなく、それはかれが幼少のころに疱瘡《ほうそう》（天然痘）を患ってその痕跡が鼻にあばたとなって残っていたからにほかならない。写真などでは修整してあるのでよく見えないが、おシャレな漱石はかなり気にして、しょっ中鼻のあばたをなでさすっていたらしい。このことについてはまたあとのほうでふれることにする。このへんでやめておかないと、漱石先生に「too much は野暮の骨頂だぞ」と叱られるかもしれない。

狸の腹つづみ

『吾輩は猫』三章に、不思議な山の狸《たぬき》の舞踏会のはなしがでてくる。高知県出身の物理学者の寺田寅彦がモデルといわれる水島寒月君が、苦沙弥先生に葉書をよこして、そのなかで書いている。

〈旧暦の歳の夜《よ》、山の狸が園遊会をやって盛《さかん》に舞踏します。その歌に曰く、来いさ、としの夜で、御山婦美《おやまふみ》も来《く》まいぞ。スッポコポンノポン〉

この御山婦美とは、寺田寅彦によれば「山見分けの役人」のことであるそうな。小説のなかでは、漱石が「旧暦の歳の夜」と大みそかに直してあるが、実際は、寅彦の郷里の土佐では「コーイーサー、オーツキヨデー、オーヤマ、フーミモ、コーマイゾー」と歌うものであるとか。「今宵はお月夜だ、お役人も来ないだろう」の意で、鬼のいないその隙をねらって月夜の晩に狸の一族郎党どもが全員集合してポンポコポンと腹つづみをうって踊り狂うのであるそうな。

ショッショッ証誠寺《しょうじょうじ》の狸ばやしの歌ではないけれど、狸のポンポコポンにはまあるい月夜の晩のほうがよく似合う。江戸時代の俳人も狸の腹つづみの句を詠むときは、おおむね季節は秋。

　鉢たたききくや狸の腹つづみ　許六
　すゞしさの月に狸が鼓かな　星府
　秋ゆたか狸のつづみ聞く夜かな　素六

　歴史探偵として調べてみたら、寛政年間の津村淙庵『譚海《たんかい》』という随筆集に、こんな愉快な話がのっている。場所は箱根の最乗寺という寺の庭。季《とき》は秋。

「ある月夜に客殿の戸のすき間より伺《うかが》いしに、やがて庭に狸二つおどり出で、かなたこなたたわむれ遊ぶ。これは雌雄の狸なり」

　しかもこの二匹は、どうやら相思相愛で、交合せんとていろいろ舞踏する。

「二つの狸たわむれて飛びちがう時、腹と腹とを打ち合わすれば、さながらつづみの様に聞こゆるなり。あまたたび打ち合わする時は、誠に余所《よそ》にては鼓打つともいいつべき程なり」

　これが狸の腹つづみの真相ならんか。月夜の庭の二匹の狸の飛びちがっては腹を打ち合わせるポコンポコンを想像してみると、がぜん楽しくなる。

『吾輩は猫』で、月夜にこそぴったりの腹つづみ舞踏会を、旧暦の大みそかにしたのは、実際に寺田寅彦の葉書にはそう書かれてあったからであろう。万象が枯れはてたような厳寒の山中での狸の腹つづみも、凄愴《せいそう》の気がみちて、これはこれで一興かもしれない。

漱石先生が、とぼけていて、素朴で、せっかく化けてもすぐ見破られてしまう狸公を愛したことは、ずいぶんと確かな気がする。『坊っちゃん』の狸校長なんか、ただちに左手に通い帳右手に徳利で丸々と腹をつんだした信楽焼きの狸がダブってきて、たちまちにイメージが描きだせる。

漱石先生、俳句も頑張って三句もつくっている。そのうちの一句。

　枯野原汽車に化けたる狸あり

いったいこれは何のことなるか、と最初はびっくりしたが、調べてみてわかった。漱石が生まれ育った明治の日本で、狸が汽車や汽船に化けるという話がいずれともなく誕生したらしいのである。柳田国男の「狸とデモノロジー」に、そんな狸の話がいくつか書かれている。

東海道の鉄道沿線で、遠くに赤い燈火《とうか》が見えるかと思うとガーガーと凄まじい音響が加わる、近よるとパッと跡形なく消え失せる。これが狸の仕業であった。

茨城県土浦辺で河蒸気が威勢よく港に入ってくる、今日はいつもより早く来たなと思ってでてみると、何の影もない。これまた狸のいたずらであった。どれもこれも、いかにも向こう見ずの狸公らしい。およそ化け方が下手くそですぐ尻尾をだすくせに、文明開化の世になったからと、ただちに文明の利器に挑戦して化けてみるとは。笑止々々。

そういえば明治のお伽《とぎ》話にこんなのがあると柴田宵曲《しょうきょく》さんが紹介している。腹つづみばかり打ってお前さんは呑気でいいなと、お月様に笑われた狸が、一念発起で汽車に化けてみた。そして本物の汽車に向かって突進する。人間の機関士があわてて汽車をとめるのが面白くて、毎晩くり返しているうちにバレてしまう。こんどは汽車はとまらずに走ってくる。衝突すると同時に、狸はぺしゃんこにひき殺されてしまった……。ハハーン、さては漱石のさっきの句はこんなあわれな狸公を悼んだものか。

こんな可愛想な話よりやっぱり狸は月夜の晩の腹つづみのほうがいい。月がキラキラと下界を明るく照らしだす夜は、きまって、日本のどこかの庭でスッポコポンの音が聞こえているにちがいない。

月並調とは

『吾輩は猫』の三章で、苦沙弥夫人が迷亭を相手に〝月並について〟執拗に喰いさがって聞いているところが書かれている。「月並月並と皆さんが、よく仰《おつし》ゃいますが、どんなのが月並なんです」という開き直った問いに、迷亭は大いに困惑してさまざまな解答をひっぱりだす。

〈年は二八か二九からぬと言わず語らず物思いの間に寝転んでいて、この日や天気晴朗とくると必ず一瓢《いつぴよう》を携えて墨堤《ぼくてい》に遊ぶ連中をいう〉とか、

〈馬琴の胴へメジョオ・ペンデニスの首をつけて一、二年欧州の空気で包んでおく〉といいとか、

〈中学校の生徒に白木屋の番頭を加えて二で割ると立派な月並が出来上ります〉とか、しきりに警句を吐いて煙に巻くが、「そうでしょうか」と夫人は首をひねったままやっぱり納得しかねるという風情なんである。

いまになると、月並みどころか、どれもこれも突《と》っぴな例すぎて、奥さんならずとも理解に苦しむ。第一に白木屋なんかもはや存在していないから、番頭と中

学生を足して二で割るといわれても、イメージが湧かない。ともあれ、迷亭のいいたいのは型にはまった表現、常套陳腐《じょうとう》ないい方ということに帰するのであろう。

これに関連すると思うが、大正十三年刊の帝国講学会編の『模範作例・文章大成』という珍《めずら》な古本をわたくしはもっている。そこにあげられている春夏秋冬の「美辞麗句」の模範文を、ちょっと面白いので引いてみる。実はこれこそが月並みの最たるものか。

「烟霞《えんか》柳を罩《こ》めて、啼鳥《ていちょう》を蔵《かく》し、桜桃《おうとう》雨を帯びて、楊柳《ようりゅう》烟を含む」――春

「暑中の快楽は暁早にあり。河漢《かかん》いまだ淡《あわ》からず、星斗《せいと》いまだ瓓玕《らんかん》たらず、残月微茫《びぼう》、風は池面の荷葉《かよう》を揺《うご》かして、時に蓮花の発《ひら》くを聞く」――夏

「秋風颯々《さつさつ》草木黄落す、この時に当り独り晩節を保ち、清香を放つものは菊花あるのみ」――秋

「寒気淅々《せきせき》人に迫る、北風飄々《ひょうひょう》鬢《びん》を吹く。欅《けやき》の林、榛《はん》の林、その枝の鳴るは、潮の寄するが如し」――冬

いやはや、これが大正時代の模範的な名文なるか、と嘆ずるのは気楽な話。こ

んにちのわれらが文章力をもってしては、頼まれてもこんなふうには書けない。大正、昭和、平成と国語力のえらく落ちたのをむしろ大いに嘆ずるべきか。いや、そんな悠長な談議をしているときではない。われらが文章力、国語力の低落のさまは日々つきあうマスコミのうちに充満している。一般化した慣用的なたとえなくしては、現代人は書くこともしゃべることもできないのではないか。

玉を転がすよう、絵にかいたよう、鬼の首をとったよう、かんで吐きだすよう、木に竹を接《つ》いだよう、歯のぬけたよう、羽がはえたよう、水を打ったよう、大船にのったよう、蜂の巣を突ついたよう……。

女が叫べば絹を裂くようであるし、さっぱりした男なら竹を割ったような気性にきまっているし、客がどんどんくれば芋《いも》を洗うような混雑で嬉しい悲鳴をあげるほかはない。こうなってくると、一時代前にしきりにいわれた常套句であるる「角みちの説法屁一つ」だの、「胸にいちもつ、手ににもつ」だの、「さしつさされつ蜂の喧嘩」などはむしろ名言とすら思われてくる。

実を申すと、探偵として興味津々《しんしん》たるを覚えたのは、そんな近ごろの表現の話ではない。漱石先生が苦沙弥の細君の口をかりて、ご大層に月並みとは何ぞや論を長々と小説で展開するのには、何か魂胆があるからにちがいない、と早くからきなくささをかぎとっていたゆえにである。

申すまでもなく、月並みという昔からの言葉に新たな解釈を付し、俳句そのほかの批評に使いだしたのは正岡子規である。明治二十八年の『俳諧大要』で高らかに謳いあげた。

「天保以後の句は概《おおむ》ね卑俗陳腐にして見るに堪えず。称して月並調という。……人往々にして月並調の句を賞し、あるいは自らものすることあり。……恥をかかざらんと欲する者は月並調も少しは見るべし」

いまの世に流行する俳句はなべて月並調なり、見るも無残なり、といわんばかりの子規の気焰《きえん》である。かかる卑俗陳腐はいかん、なぜなら積極的な美の創造なきゆえ、という。明治二十八年というと、松山にあった若き日の漱石先生が愚陀《ぐだ》仏庵《ぶつあん》での句会にひきこまれ、俳句開眼したときなのである。子規に「写生だ写生だ」とたえず吼《ほ》えられ、初心者は「なんだこの月並調はッ！」と頭からやられていたに相違ない。漱石先生はそのたびに「くそッ、面白くねえ。威張りくさりやがって」と思っていたにきまっている。

それから時流れ来たって幾星霜《いくせいそう》（自然と月並調になるのを如何せん）、漱石は『吾輩は猫である』を書く前後に、いまは亡き子規の『墨汁一滴』を、多分アルス版『子規全集』で、読み直したことと思う。三十九年十一月刊の『吾輩は猫である』中巻の序文をみるとそれがはっきりとわかる。漱石は自分のロンドン滞在中に死んだ畏友《いゆう》子規のことを偲《しの》びながら、『墨汁一滴』を読み、猫の活躍の筆を進めているうちに、〝これは使えるぞ〟という事実にゆき当った。

すなわち『墨汁一滴』のなかにある月並調にかんする子規と河東碧梧桐《かわひがしへきごとう》とのやりとりである。まず（四月二十五日）の項にある。それによると碧梧桐が子規自身の句「山吹やいくら折っても同じ枝」「山吹や何がさはって散りはじめ」の二つをあげて、これは月並調ではないか、と半ば冷笑気味にあからさまに質問したらしい。病床にあった子規はカチンときて、決してさにあらず「余が月並調と思える句は左の如き句なり」として、当の碧梧桐の句である「二日灸和尚固《おしょうもと》より灸の得手」をあげたりして逆襲する。

くわしくは岩波文庫の同書を読んでもらうほかはないが、とにかく碧梧桐はまったく納得せず、論戦ははげしくつづく。両者とも強情張りだし、弁舌《べんぜつ》も巧みの上に、喋りだしたらとまらない。相譲らずいつ果てるともなくやり合ったらしいが、それは略すこととする。

さっきも書いたように、この一文が新聞「日本」に連載された当時は漱石はロンドンにいたが、子規亡きあとに帰国し、かれの遺著ともいうべき『墨汁一滴』を読んで、あらためてしみじみとした感慨に打たれた。そう想像することは許されるのではないか。そして、同書に登場してくる漱石論にも苦笑しつつ、苦痛とともにまさしく病牀《びょうしょう》六尺に閉じこめられながらの、獺祭書屋《だっさいしょおく》主人の気力充溢《じゅういつ》ぶりに、驚嘆を惜しまなかったかとも思う。

ついでに、月並調談議のくだりでは明治二十八年の愚陀仏庵当時を思いだし、相変らずわけのわからぬ気焔をあげているわい、の感を深くしたとみる。あのときは俺もさんざん「月並調の句ばかりつくるな」と子規にやられたな、とも思ったにちがいない。

そして好評に気をよくして『吾輩は猫』三章以下を本格的に一つの長篇として書こうと心にきめたとき、この子規対碧梧桐の月並調をめぐる論戦が、好個の話として頭に浮かんできた。すでに二章のトチメンボーのくだりで「天明調や万葉調」や「月並」といった語を、子規を思いだしつつ使っているが、こんどはあの論戦をそっくりいただいて……と、さっそく苦沙弥の細君に「月並月並とおっしゃいますが、どんなのが月並なんです?」と漱石先生はいわせてみたのである。かく推理をすすめてくると、細君の詰め寄りに、「月並ですか、月並というと――さようちと説明し悪《に》くいのですが……」とか「曖昧じゃありませんよ、ちゃんと分っています、ただ説明し悪くいだけの事でさあ」とやっている迷亭は、直情の碧梧桐に押しまくられてたじたじとなっている『墨汁一滴』の子規に比定したくなってくる。いや、それに間違いなかろう。親分肌で威勢はいいがあまり理論的でない畏友の面影をちょっと借りて、漱石先生はすこぶるいい気分でペンを走らせていたのかもしれない。

　同時に、それが哀悼の意にもなっている。

惜しい言葉「細君」

『吾輩は猫』の四章にこの言葉がでてくる。とたんにやたらと気になった。〈主人は平気で細君の尻の所へ頬杖を突き、細君は平気で主人の顔の先へ荘厳なる尻を据えた迄の事で無礼も糸瓜《へちま》もないのである〉

つまりこの「細君」である。一般に妻のこと、それも他人（同輩以下）の妻を指す語なのであるが、いまは死語となってしまったのか、あまり聞くことがなくなった。わたくしも「君の細君のご機嫌はこのごろどうかね」なんていうこともない。「細」は「小さい」意味でもあるから、もともとは謙譲語として自分の妻の意味で使われたのであるが、それがいつの間にか他人の妻の意に使われるようになったものらしい。

さらに出所を尋ねれば、なんと、これが紀元前一世紀の司馬遷の『史記』に発する、というのであるから、これはもうオドロキである。それが漱石からさらに時代が下って昭和時代まで普通に使われていたのである。言葉というものの寿命の長さにはただ脱帽あるのみで、それを死語にしてしまうのは、ちょっと惜しい気がする。

さて、それにつけても他人様に自分の妻のことを紹介するとき、近ごろは何というべきかホトホト困却することがある。「これが私の妻《さい》です」なんて格好よすぎて、東京の下町育ちのわたくしにはすらすらとはでてこない。もちろん「ワイフ」なんて金輪際《こんりんざい》いうつもりはない。「女房です」が無難なのであるが、あとで「なんでドノをつけなかったのよ」と女房ドノに怒鳴られたりする。

そういえばこの女房という言葉だって、そもそもは王朝時代に宮中に仕える女官の部屋（房）のことで、転じて、そんな部屋をたまわって住みこんでいる高位の女官の称であった。それが時を経るにつれて下落してしまって、長屋住まいの〝女房〟が登場するようになったもの。言葉というものは使い馴れるとどんどん俗化してしまうのは、いまも昔も同じである。

そのほか「家内」「愚妻」「カミさん」「山の神」「カアチャン」とかいっぱいあって、酔っぱらって、しかも妻にはバレないと確信がもてたときは「うちの嬶《かかぁ》ときたら」とか「うちの婆ぁはよォ」とか気持よくやるのである。

それにつけても、日本語とはほんとうに豊富であるな、と感嘆せざるを得ない。外国語ではこうはいかない。であるから日本の男は昔から苦労してきたようなのである。たとえば『雨月物語』などの作家の上田秋成。もう細君のことは面倒なので「これこれ」としか呼んだことはなかったという。家でも外でもそれ一点張りで、名前すら一度もいったことがない。名にし負うひねくれ屋だけのことはあるが、奥方のほうもこれに負けない豪のもので「よし、それなら」というので、名前を「湖蓮《これ》」と号することにしたというのである。高田保『ブラリひょうたん』でこれを読んだとき、わたくしは思わずウヒヒヒヒとバカ笑いをして、キッと細君から睨みつけられて震え上がったことであった。

それにつけても思うのであるが、女房族は亭主のことを呼ぶときに、男ほどの苦労をしていないのかな。

臥龍窟と『三国志』

江戸時代の川柳に「花のうちで高名なのは臥龍梅《がりょうばい》」とか「鶯《うぐいす》の声に臥龍も目を開き」とかいうのがある。前のほうの「高名なのは」は中国の古典『三国志』で有名な軍師諸葛亮孔明にかけている。孔明が憂世から離れて隠棲していたところが臥龍岡《こう》といい、そこの庭には梅の木が植えられていたらしい。あとのほうの句の「臥龍」は寝ている龍、つまり隠棲している孔明のことで、それが目を覚ましたと、臥龍梅をかけて、まことに風流味たっぷりである。もちろん「鶯の声」とは、いわゆる〝三顧の礼〟をもって孔明に出馬を頼みにきた劉備玄徳と関羽と張飛たちである。『三国志』ではいちばんよく知られている名場面である。

その昔、わたくしが向島の悪ガキであったころ、いま東京スカイツリーで有名になった押上の近く、柳島というところに龍眼寺《りゅうがんじ》という寺があり、そこの庭に臥龍梅があった。龍がうずくまって地上に寝ているようにぐわーっと根が広がっている梅の木で、それはそれは見事なものであった。その梅が咲くころにはよく見にいったものであるが、いまもあるかどうか、残念ながらさだかではない。

そんな記憶があるので川柳の臥龍梅にごく自然に注目したのであるが、はたしてこの川柳が『三国志』の孔明のことを指しているのかどうか、はじめは自信がなかった。が、困ったときは大槻文彦『大言海』を引くにかぎるで、さっそくパラパラとやったら、この「臥龍」という言葉は『三国志』「蜀志」の「諸葛亮伝」にあると、大槻先生は示してくれている。

「龍ノ、臥シテ居ルモノ。英雄ノ、世ニ出デズシテアルニ云フ」

として、臥龍が孔明のことを指していると親切に教示してくれた。有難いことであった。ついでに臥龍梅も『大言海』で引くと、

「野梅ノ一種。枝、幹、地上ニ蟠《ワダカマ》リ延《ハ》ヒテ、枝、地ニ着ク所ニ、根ヲ生ズルモノ」

とある。まさしく龍眼寺の臥龍梅はこのとおりのもので、枝なのか根なのか見当もつかないほどに地に蟠《わだかま》ってひろがっていた。

と長々と関係ないようなことを説明してきて、『吾輩は猫』の四章である。この名なしの猫どのは、この章で苦沙弥をどうやら孔明なみの、『大言海』のいうような「英雄ノ、世ニ出デズシテアル」人物のごとくに少々あがめ奉っているよ

うなのである。すなわち、

〈〔苦沙弥が〕真面目な顔をして妙な理窟《りくつ》を述べていると門口《かどぐち》のベルが勢よく鳴り立てて頼むという大きな声がする。いよいよ鈴木君がペンペン草を目的《めあて》に苦沙弥先生の臥龍窟を尋ねあてたと見える〉

そして岩波新書版の巻末の注解では、「『臥龍』は野に隠れて世に知られぬ英雄で『三国志』などに諸葛孔明をたとえている。苦沙弥をわざとそのような人物に見立てて龍と言ったので、その住居を窟と呼んだもの」と説明してくれている。つまり、猫はいくらか皮肉まじりに、苦沙弥を龍すなわち孔明にたとえたものとしている。「わざと……見立てて」がそれを証明している。また、わが記憶では、孔明の住んでいたのは『三国志』では「臥龍岡」のあたりの廬《いおり》であって窟ではなかったように思うが、ま、ペンペン草が屋根にはえているような家であるから、この場合はこっちのほうがぴったりか。なお岩波文庫のほうには注解はなし。不親切ではあるまいかね。

なんてブツブツいいながらその岩波文庫のほうを読み進めていたら、八章になって、はじめのところに檜《ひのき》が五、六本ならんだ苦沙弥の住居の描写があって、もういっぺん臥龍窟がでてきた。

〈檜の枝は吹聴するが如く密生しておらんので、その間から群鶴館《ぐんかく》という、名前だけ立派な安下宿の安屋根が遠慮なく見えるから、しかく先生を〔江湖の処士のように〕想像するのにはよほど骨の折れるのは無論である。しかしこの下宿が群鶴館なら先生の居は慥《たし》かに臥龍窟位な価値はある。名前に税はかからんから御互にえらそうな奴を勝手次第に付ける事として、（以下略）〉

なるほど、なるほど、である。安下宿の名前が群鶴館なんて重々しく格好つけて名乗っているなら、わが苦沙弥先生のお住まいは堂々と臥龍窟と称したって少しもおかしくはない。どう名乗ろうと名前に税金はかからないのであるから、というう猫の言い分はもっともである。

若いときから寄席に通っていた漱石先生が『三国志』に通暁《つうぎょう》していても少しもおかしくはない。それを証明するように、この八章を読み進めていくと、苦沙弥が孤軍奮闘、落雲館中学の生徒どもの大軍を相手に戦争をおっぱじめようとする場面にも、かの『三国志』の豪傑が登場してくるのである。

〈普通の人は戦争とさえいえば沙河《しやか》とか奉天《ほうてん》とかまた旅順とかその外に戦争はな

いものの如くに考えている。少し詩がかった野蛮人になると、アキリスがヘクトーの死骸を引きずって、トロイの城壁を三匝《そう》したとか、燕《えん》ぴと張飛が長坂橋に丈八の蛇矛《だぼう》を横《よこた》えて、曹操の軍百万人を睨め返したとか大袈裟な事ばかり連想する〉

漱石先生にかかっては、張飛の長坂橋での大見得も、トロイの戦争に匹敵するものなのである。

こうやってみてくると、『吾輩は猫』のこの苦沙弥の家を書くときの漱石の脳裏には『三国志』の臥龍先生こと諸葛孔明がやっぱり浮かんでいたのだなと思えてくる。でも、苦沙弥はとても孔明ほどの智者とは思えないな、と名なしの猫クンの観察眼には若干の文句がつけたくなってくる。

漱石のワイ談

いまはあまり流行《はやら》なくなったが、芭蕉いらいの日本の俳諧には連句《れんく》というものがあった。とくに、芭蕉がその創始者ともいえる「歌仙《かせん》」が江戸時代には盛んで、和歌の三十六歌仙にちなんで、五七五・七七・五七五・七七……とつづけて、三十六句の長句と短句で一巻をまきあげる「歌仙」が大流行した。くわしい説明は略すが、その歌仙にはきまりがあり、かならず月の句を詠む月の座と、色っぽく艶《えん》なる男女の恋を詠む恋の座があり、そこで見事な芸をみせなければ一流とはいえなかった。とくに芭蕉である。恋の句を詠ましては芭蕉の右に出るものなしの名人であった。

さて、歌仙の講釈はそれまでとして、日本の小説のなかで、この〈恋の座〉的な筆法で、あざやかに色っぽさを示したいちばんの小説をあげよ、といわれれば、里見弴《とん》の短篇『いろをとこ』をあげたい。出陣を前にした山本五十六大将と思われる男が、女との最後の逢瀬をたのしむ場面の会話である。

「さっき、うちへ電話を申込んどいて貰いましたの」

「そうか。……ビール、どうだ？」

「そうね、あたしはお酒にします。おいしそうだけど、あと汗ンなるんで……」

「いずれにしても汗にゃァなるさ」

思わず「チェッ」とやりたくなるではないか。うまい小説の見本みたいな男と女の会話であることよ。

……てな話を一席、酔いにまかせて酒場でやっていたら、ホステスに「漱石先生の小説にもワイ談の一つ二つはあるんでしょう。あったら是非それを教えてくださいな」と尋ねられて思わずウムと唸ったきり、あとの言葉がでなかったことがある。

この注文には正直にいって閉口した。一つや二つどころか、はたしてあるものやら、それすらも覚束《おぼつか》ない。その話術は妙味たっぷりであったというから、あるいは木曜会の席上で、退屈しのぎに一席のお粗末があったかもしれない。であるからといって、作品のなかに、その片鱗が残されているとはかぎらない。そこで、あるとすれば『吾輩は猫である』にあるかな、と当りをつけて、のちになって妖しげな目を光らせてさぐってみたら、六章の苦沙弥と細君と迷亭の珍妙な会話のなかにそれらしきものが……。

すなわち、苦沙弥が、ミュッセの脚本を引用しながら、こんなふうにいう。

〈『羽より軽い者は塵である。塵より軽いものは風である。風より軽い者は女である。女より軽いものは無である。——よく穿《うが》ってるだろう。女なんか仕方がない』と妙な所で力味《リキ》んで見せる。

これを承った細君は承知しない。

『女の軽いのがいけないと仰しゃるけれども、男の重いんだって好い事はないでしょう』

『重いた、どんな事だ』

『重いというな重い事ですわ、あなたのようなのです』

『俺がなんで重い』

『重いじゃありませんか』〉

と互いに赤くなりながら、妙な口論が展開される。これだけではどうという重い意味をもたないが、さて、これを面白そうに聞いていた独身の迷亭のつぎの一言を加えてみると——左様、さながら歌仙連句における恋の座のように、たちまち艶っぽくなってしまうように思えたのである。

迷亭は冷やかし半分にいう。

〈そう赤くなって互いに弁難攻撃をするところが夫婦の真相というものかな〉

野暮は嫌であるから、これ以上の蛇足を加えない。さっぱりわからない。なんていう読者がもしいたら、「おぬしは修業が足らんな」と答えるほかはない。漱石先生も子規たちと「歌仙俳諧」を何度かまいている。その作品も全集にある。「単に重い男はよくない」と細君がいうこのくだり漱石先生がニヤリとしながら「恋の座」として書いた、唯一のワイ談といえるのではないか。

降る雪よ今宵ばかりは積れかし
思ひきや花にやせたる御姿
きぬぎぬや裏の篠原露多し

明治二十九年の、漱石先生つくるところの〈恋〉の句である。

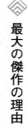

第二話　『坊っちゃん』『草枕』の周辺散歩

最大の傑作の理由

　東京は向島生まれのおっちょこちょいのせいか、漱石先生の最大傑作は『坊っちゃん』と一読したとたんから決めている。とにかくここにある江戸弁というより正しくは東京語がたまらなく嬉しいのである。そして、この「べらんめえ」にからむのが、松山弁の、のんびりした「なもし」。

　このために漱石先生はかなり苦労をされている。推敲に推敲を重ねているらしい。たとえば、原稿「私はちゃんと、そう、見て取った」とはじめ書いたのを「私はちゃんと、もう、睨《ね》らんどるぞなもし」としたり、「先生、あの遠山の御嬢さんを御存知かなもし」などなど、とわざわざ方言にして発表している。漱石がユーモアの強調を言葉の斬り合いに求めたことがよくわかる。

という具合に、全篇をとおしてなもし菜飯式の問答でみなぎり、江戸ッ子坊っちゃんの性格はいっそう鮮やかになる。それに、漱石流の秘策もいくつかこの小説には秘められている。坊っちゃんが東京を出るとき、清《きよ》が停車場まで送りにくる。「もうお別れになるかも知れません。随分御機嫌よう」と目に涙をためて小さな声で清はいった。「おれは泣かなかった。然しもう少しで泣くところであった」となって、汽車が動きだす。よっぽど動いてから窓から首を出して振り向くと、清はやっぱり立っていた。

〈何だか大変小さく見えた〉

しかも、あたり前の小説ならば、車中から富士を眺めてどうの、鉄橋を渡ってこうの、トンネルをくぐってやれの、と描写がつづきそうなところを、漱石はスパッと切ってしまう。そして二章で、こう書きだすのである。

〈ぶうといって汽船がとまると、艀《はしけ》が岸を離れて、漕ぎ寄せて来た。船頭は真っ裸に赤ふんどしをしめている〉

いかがなものか。このへんの呼吸は文句なしに落語の場面転換の妙である。走りだす汽車にとまる汽船、寂しげで小さな婆やと威勢のいい裸の船頭、白髪と赤ふんどし、対照の面白さをもいかし、見事なものである。

講談などでおなじみの『忠臣蔵』だって『坊っちゃん』にはある。坊っちゃんは山嵐の立てた悪党粛清計画に「即座に一味徒党に加盟した」。ついで赤シャツと野だいこを「天に代って誅戮《ちゆうりく》を加える」べく、枡屋の表二階から前の角屋を見張る。さながら吉良邸を見張る赤穂の浪人のごとく。なかなか探索のスムースにいかないのに苛々して、坊っちゃんが「角屋へ踏み込んで現場を取って抑えよう」と発議する。と、山嵐がとめる。

〈……乱暴者だと言って途中で遮られる。わけを話して面会を求めればいないと逃げるか別室へ案内をする。不用意のところへ踏み込めると仮定したところで何十とある座敷のどこにいるか分るものではない〉

さながら江戸の急進派の堀部安兵衛や赤垣源蔵たちを、大石内蔵助が「我慢せよ」となだめるの図と同じである。つぎがいよいよ現場を取り押さえて玉子をたたきつける場面。赤シャツは「芸者を連れて僕が宿屋へ泊ったという証拠がありますか」とシラを切る。まさに炭小屋の前に引っぱりだされながら「私は本人ではない」としゃあしゃあとやる吉良上野介そっくりである。

氷水の代金一銭五厘をめぐって、坊っちゃんと山嵐の仲が剣呑《けんのん》になる話もある。

〈この一銭五厘が二人の間の墻壁《しょうへき》になって、おれは話そうと思っても話せない、山嵐は頑として黙ってる。おれと山嵐には一銭五厘が祟った。しまいには学校へ出て一銭五厘を見るのが苦になった〉

と坊っちゃんはぼやく。

つまりは、恩に着る、恩を着せる、恩返しをする、日本人の倫理の根本にある命題をそこから読みとることができる。恩を着るとは、相手をそれに値する人間であることを認めることを意味する。はたしてそれが自分の恥とならないか。で、かのルース・ベネディクト女史が『菊と刀』のなかで、わざわざ『坊っちゃん』を取り上げて、一銭五厘の恩と義の問題を通して日本人論をやっている。まさしくベネディクト女史は日本人の本質を見抜いていた。

こんな風に、この小説には何でもありなんである。中央と地方、言葉の斬り合い、落語、講談から高尚な日本人論まである。たとえさらに読者が勝手に新しい何かを発見しても、おそらく漱石先生はニコニコと「なるほど、そんな見方もあったのか」とむしろ喜んでくれるのではあるまいか。

ところで漱石ご自身は『坊っちゃん』をどう観ているか。談話や手紙などでそのいくつかを。

「モデル？　ありません。……文学士は私ひとりでしたからね。赤シャツがどうのという人もありますが、それでは自分を書いたことになってしまう」

「山嵐の如きは中学のみならず、高等学校にもおらぬことと存じ候。然しノダのごときは累々然としてコロガリおり候。……僕は教育者として適任と見なさざる狸や赤シャツよりも、不適任なる山嵐や坊っちゃんを愛し候」

そして漱石はいう、「人が利口になりたがって、複雑な方ばかりをよい人と考える今日に、諸君が現実世界にあって、鼻の先であしらっているような坊っちゃんにも、なかなか尊むべき美質があるのではないか。君らの着眼点はあまりに偏《へん》頗《ぱ》ではないかと注意して、読者が成程と同意する……」そうなれば作者としては満足である、と。

やっぱり『坊っちゃん』は傑作中の傑作とわたくしは断ぜざるを得ない。

五月の蝿《はえ》だ

『坊っちゃん』の面白さ楽しさは、〝べらんめえ〟と〝なもし〟の見事な衝突にあると前項に書いたが、もうひとつ、漱石先生が遠慮会釈なく縦横無尽に新造語や当て字を使っているところにもある。ぜんぶがぜんぶ漱石がはじめたものではないにしても、わざわざ意識してそこはかとないおかしみをだすために、『坊っちゃん』では委細《いさい》構わずに自己流に表記したものではないかと思われる。

ごくごくはじめの一章と二章だけでも当て字がやたらとみつかるから、ぐんぐん愉快になる（傍点を打ったところ）。

〈道具屋を呼んで来て、先祖代々の瓦落多を二束三文に売った〉＝がらくた

〈清《きよ》は仮令下女奉公はしても年来住み馴れた家の方がいいと云って応じなかった〉＝たとい

〈清は……独りで極《き》めて一人で喋舌るから、こっちは困って顔を赤くした〉＝しゃべる

〈校長でも尋ね様かと思ったが、草臥れたから、車に乗って宿屋へ連れて行けと

車夫に云い付けた〉＝くたびれた
〈騒々しい。下宿の五倍ぐらい八釜しい。うとうととしたら清の夢を見た〉＝やかましい

新造語となると〈その次には鬼瓦《おにがわら》位な大硯《おおすずり》を担ぎこんだ。是は端渓《たんけい》ですと、二遍も三遍も端渓がるから〉とか、〈野だの干瓢づらを射貫いた〉とかがある。干瓢《かんぴょう》づらとはどんな面相なのかとつい考えこんでしまう。

もっとも、この楽しさは『坊っちゃん』だけではなく、『吾輩は猫である』をはじめとして、ほぼ全作品にわたっている。ノートに書きとめておいた漱石流ユーモラスな当て字造字を、脈絡もなしに抜きだしたかぎり書き写してみる。たとえば〝明るみ〟を「明海」とやり、〝泥んこのぬかるみ〟を「糠る海」と書く。ずた化かす↓婆かす。効果↓功果。団栗眼《どんぐりまなこ》↓鈍栗眼。けつまずく↓蹴爪づく。ずたずた↓寸断々々。うろつく↓迂路つく。出来っこない↓出来っ子ない。勘違い↓痼違い。焦点↓焼点。じれったい↓地烈太い。へどもど↓反吐もど。がらんどう↓空ん胴。躍起になる↓焼気になる。まったく、よくやるよといいたくなる。

また、〝銭湯〟を「洗湯」と書いているのは、昨今の入湯料が銭にあらず円の

時代には、そっちのほうが正しいかと思いたくなる。〝こそこそと〟を「狐鼠々々と」する、あるいは〝涙がにじむ〟が「涙が煮染む」とあるのは、そのほうがむしろ感じがでているようであるし、〝絶好調〟を「絶高頂」なんてこっちも真似したくなる。副食物を意味する〝おかず〟を「お菜」としたのはお手柄かもしれないし、野菜の〝きゅうり〟が「黄瓜」、〝バケツ〟が「馬穴」はほかの作家もときには用いているようである。

〝か弱い〟女性を「蚊弱い」女性だなんて、書きながら思わず吹きだしてしまう。サイコロ賭博からでた出た目にまかせるの意の〝でたらめ〟を「出鱈目」とは、そんなにいい加減とも思えないほどぴたりである。また、「懶惰者」と書いて〝やくざ〟と読ませているあたり、勤勉な漱石先生は怠けものをやくざな奴の部類に入れていたのかもしれない。そうなると、いまの日本はやくざな連中が山ほどもいることになるな。

『明暗』の「廊下を烏鷺《うろ》々々歩行《ある》いているうちに」なんて傑作中の傑作ではあるまいか。黒いカラスと白いサギ、これが入りまじって動いていれば、まさしくウロック感じがする。

さきにあげた『坊っちゃん』で「八釜しい」という字をあてたのも、八つもの釜の煮えたぎる音の騒々しさという心持であろう。また初夏のころの蠅《はえ》の傍若無人さ、繁殖力の旺盛さ、追っても追っても飛んできてまといつくあのうるささを「五月蠅い」と書いたのも漱石先生が本邦初らしい。いまはすっかり過去のものとなったが、ある時期までの日本では、あの連中の跳梁《ちょうりょう》はしつこくてやりきれなかった。それを表現するに五月の蠅とは、うまく漢字をあてたといえる。

ゑいやつと蠅叩きけり書生部屋

馬の蠅牛の蠅来る宿屋かな

考えてみると、蠅がほとんどうるさくなくなった今日は、もう「五月蠅い」という感じの喪失とともに、その語も死語となっていくのであろう。ぴったりの感じだなどといっても若い人には理解の外にあるのかもしれない。

それにつけても、まことに清潔すぎる世になったものであるな。

台天目の点前《たてまえ》

『坊っちゃん』三章に、坊っちゃんが晩飯前に運動かたがた、赤く染まった西洋手拭いの大きなのをぶら下げて、近くの温泉に出かけて行く場面がある。生徒たちがそれで赤手拭い赤手拭いと陰口を叩く。狭い土地はうるさいもんだ、とあって、こうつづく。

〈まだある。温泉は三階の新築で上等は浴衣をかして、流しをつけて八銭で済む。その上に女が天目へ茶を載せて出す。おれはいつでも上等へ這入《はい》った。すると四十円の月給で毎日上等へ這入るのは贅沢だといい出した〉

どうという問題もなく読みすごせるところであるが、何度目かの読み直しのとき、突如としてひっかかった。「天目へ茶を載せて」とは何ぞや、というところである。岩波文庫の注には「天目茶碗の略。中国浙江《せっこう》省天目山で製しはじめたすり鉢形のもの」とある。これでよりいっそう「?」が深くなる。天目が茶碗なら、その茶碗に液体の茶を「載せる」とは如何にして可能なるや。こんな日本語は可笑しいのと違うか。

そこで、うちのカミさんの従姉《いとこ》に当る知り合いのお茶の師匠を訪ね懇々たる教えをうけることにした。師匠はこっちの疑問の半分も言わないうちにさっさと答えてしまう。

「どれどれ拝見……、あッこれね。答えは簡単よ。天目にはお茶の台、天目台のことを言うこともしばしばあるのよ。ですから、漱石先生の天目は台のことで、茶碗を台に載せるという意味で使ったので間違いじゃないことね。岩波さんの注釈がちょっと勘違いしていらっしゃるのよ。ホホホ」

これにはじまって、師匠はすっかり悦に入って、しばしよりいっそう懇切なるご講義をはじめた。浙江省にある天目山で使用されていた茶碗を、日本の留学僧が持ちかえってから、この茶碗を天目茶碗と呼ぶようになる。鎌倉時代にほうぼうで禅寺が建てられ、中国から禅僧を迎えて開山とするにつれ、中国の器物が急速に普及する。とくに、高度の技術で造られているこの茶碗は、大事にされた。油滴《ゆてき》、曜変《ようへん》、玳玻盞《たいひさん》、鼈甲盞《べっこう》など。それらは今日の技術でも造るのは不可能とされている、そうな。

「玳玻盞といったって、半藤さんには残念ながらお分かりにはならないわねぇ、ホホホホ。こうした貴重な天目茶碗には、普通の茶碗のように輪の形をした高台がありません。それに茶碗だけでは安定も悪いし、姿も美しく見えませんでしょう。ですから、天目茶碗を載せる台が考案されましたのよ。台といったって、茶を献じるとき、大事なお茶碗をお載せするのですから、それはそれは装飾も豊かな、綺麗な、漆塗りのご大層なものばかりで……。（何かを思いだすように、天井の一角をジッと凝視しながら）尼ケ崎台、七ツ台、若狭台、ムカデ台……。あなた様にはますますお分かりにならないことですわね。フフフフ」

いくらか軽蔑されながら、さらに解説に耳を傾ける。つまりこうした貴重な天目茶碗に天目台をつかう点前《たてまえ》は、特別に礼遇しなければならない人々に対する扱いであった。ふつう従三位《じゆさんみ》以上、すなわちお公卿さんにたいしてのみ使われる。その他、高徳で位の高い僧とか、宮家やとくに上級の武家とか。ちなみにこれを簡略にしたのが、小習の「貴人点《きにんだて》」というのであるそうな。いずれにしても、平々凡々の輩（つまりわたくし如き）を客とする点前なんかには金輪際用いられることはない。

こう聞かされたとたんに、わたくしはのけ反った。漱石先生だってはたしてそこまで知っていたのであろうか。文中にある「天目へ茶を載せて」は、イコール「天目台へ茶碗を載せて」である。としたら、坊っちゃんはたった八銭の入湯料で、毎日のように従三位以上の貴人と同じ礼遇を受けていたことになるではないか。漱石先生も知らざるままにわかっているような顔をして書いたに相違あるまい。わたくしは思わず、貴人のようにおしとやかな師匠を前に、タハハハと腹を抱えて大笑い。不作法にもほどがあったが、それくらいこの新発見がおかしくておかしくてならなかった。

いやいや、もしかして知っていてわざわざこう書いたのかもしれない。としたら、まこと漱石先生は端倪《たんげい》すべからざる大狸ということになる。岩波さんがだまされるのもムベなるかなと申すほかはない。

「清和源氏」の出自

漱石先生が正真正銘の江戸ッ子であるのは、いまさら強調するまでもない。しかも、その家系を尋ねれば、「清和源氏」の流れをくみ、多田満仲の弟の満快から八代目のとき、源頼朝より功があったゆえに信濃《しなの》国夏目村の地頭職に補せられ、その後、夏目姓をとなえるようになる。のちにこの夏目家は徳川家康に仕える由緒あるサムライの出となる。

やがて江戸へ移り住んで、夏目本家は旗本に、分家は名主へと分かれる。漱石の家はその名主のほうの血筋である。このために先祖がサムライでないのが、ちょっぴり残念に思えたのであろうか、漱石先生は『坊っちゃん』四章のなかで、主人公にこんな啖呵《たんか》をきらしている。

〈これでも元は旗本だ。旗本の元は清和源氏で、多田の満仲の後裔《こうえい》だ〉

名主の血筋というより「元は旗本だ」といったほうが、かっこがよくて、坊っちゃんらしくていい。で、そっちをえらんだのであろう。まんざら大ウソというわけでもない。多田満仲の後裔であることはたしかなのである。

はなしは明治二十八（一八九五）年、松山で中学校の教師をしていたときにさかのぼる。『漱石俳句集』を読んでいたわたくしは、ふと「範頼《のりより》の墓に謁《えつ》して二句」という前書きのある句にひっかかったのである。範頼といえば、蒲冠者《がまのかじゃ》といわれた源範頼のこと。頼朝の弟で、かの義経とともに『平家物語』で平家撃滅に活躍する。のちには、頼朝にうとまれ、伊豆修禅寺に隠棲しているときに暗殺された。その範頼の墓に詣でて松山で二句つくっている。想像句ではないのは、わざわざ前書きをつけたことでわかる。

二句とも歴史句としてなかなかにいい。

蒲殿の愈《いよいよ》悲し枯尾花

凩《こがらし》や冠者の墓撲《う》つ落松葉

松山へ旅したとき、さっそく地元の物知りに訊ねてみた。かれは先刻調べずみであったらしい。

「ああ、それは松山の南、いまは伊予市になっている上吾川《かみご》の鎌倉神社にある墓のことでしょう。漱石先生がいらっしゃったころは、多分まだ整備されてなくて、五輪形の古墳だけがあったころかもしれませんがね……」

「なるほど、それで非運の武将のことを偲び、いよいよ悲し、というわけなんですね。それにしても、修禅寺で殺されたはずの蒲冠者の墓がなんでまた、はるかに海山《うみやま》を離れた伊予国にあるんですかね」

「それは修禅寺で頼朝に暗殺されたというのはいつわりで、事実は、範頼は当地で自決した、伊予ではそう伝えられているんですよ」

聞けば、鎌倉神社は松山から十五、六キロも離れたところにあるという。いまなら自動車で十分もあれば訪ねることができようが、明治二十年代はそうは簡単にはいかない。十二月の寒いときに、漱石はわざわざ散策の足をのばしていって墓詣でをしている。

「鎌倉神社ばかりじゃありません」

と物知りは、さらに一席、存じよりのところをぶってくれた。

「十一月中旬に、松山から二十キロ余も離れた日浦という辺境の地にある円福寺という寺にも、漱石は行っています。ここには南北朝争乱の御大将・新田義貞の三男義宗と、義貞の弟の脇屋義助《わきやよしすけ》の嫡男《ちやくなん》・義治の墓と、遺品のかずかずがあります。険しい山道をわけてわざわざ訪れて、漱石先生はそれらをご覧になっておられます。句も詠まれていたのでは……」

左様、たしかに句をつくっている。遺品を観て、

　つめたくも南蛮鉄の具足哉

　山寺に太刀を頂く時雨哉

そして墓に謁して一句、

　塚一つ大根畠の広さ哉

どうであろうか。これらが無比の証拠といいはるつもりはないが、自分の出自である「清和源氏」の出身に、漱石先生はすこぶる親近感と誇りを抱いていたとみたい。それであるから、山道や遠距離をものともせずに出掛けていったのであろう。源範頼はもちろん、新田一族もまた清和源氏の出身なのである。

とくに範頼の運命には晩年まで同情するところがあった、と観察することもできる。明治四十三年の修善寺の大患ののち、夜もすがら降る冷たい雨が屋根を打つ音を聞きながら範頼を偲んでいる。

　範頼の墓濡るゝらん秋の雨

◇「地方税」という悪口

『坊っちゃん』十章で、犬猿の仲の中学生と師範学校の生徒とが衝突してケンカ騒ぎになった痛快な話が長々と描かれている。そこに、
〈おれは喧嘩は好きな方だから、衝突と聞いて、面白半分に馳《か》け出して行った。すると前の方にいる連中は、しきりになんだ地方税のくせに、引き込めと怒鳴ってる〉（文春文庫による）

とある。この「地方税」とはそも何なるか、に突然ひっかかった。しかも悪口として使われていることに。

いまだって「都民税」やら「世田谷区民税」やらをわたくしは払っている。とてつもなく高額をひったくられているが、それがどうして悪口になるのか、ほめられてこそ然るべきであると思うのであるが。

いまの文庫本は古典に残らず注釈なるものをつけている。なかにはくだらない事項にまで、いらざる注釈をつけているのもあって、親切の押し売りの感なきにしもあらず。ま、それはともかく、この際は、と思い、手もとにある文庫本を全

部ひっぱりだしてみた。

［文春文庫］地方自治体から運営経費を補助されるところから師範学校を軽蔑して言った語。

［角川文庫］師範学校は、地方税の補助を受けていたので軽蔑していったもの。

［集英社文庫］師範学校は、地方税の補助を受け中学と異なり月謝免除だったので、軽蔑してそう言った。

［新潮文庫］師範学校は戦前の旧制度で小学校教員養成のために設けられた公立学校。各府県ごとに設置され、運営経費に地方税からの補助を受けていたため〈地方税〉と軽蔑して呼ばれた。

［岩波文庫］地方自治体の徴収する税によって、当時県立だった師範学校が維持されていたのは県立中学校も同様であったはずだが、中学生が授業料を納めていたのに対し、師範生は納めない上に給費があった。師範生は「地方税」まるがかえと見なしての軽蔑的呼称。

以上であるが、要するに近代国家を早急につくろうと邁進《まいしん》していた明治の御代《みよ》にあって、貧乏人の小倅《こせがれ》は授業料タダの師範学校に入って学校の先生になるか、陸軍士官学校あるいは海軍兵学校を志願して軍人の道をえらぶか、そのほかに行くところがなかった。要は「追いつき追い越せ」の国家的政策が裏側にあって、授業料を払えないような貧しい家出身の秀才も、残らず新しい国家建設のために力を尽くせ、そのためには……というわけである。このことは『坂の上の雲』の秋山好古・真之兄弟をみれば一目瞭然である。そのへんの微妙なところにふれなければ、いまどきの読者には注釈を読んでも、何で中学生が師範学校の生徒を「地方税」と罵るのか、その機微がさっぱり、なんではあるまいか。

ちなみに明治政府が教員養成のための「師範学校教則大綱」を発布したのが明治十四（一八八一）年八月である。陸軍の兵科将校を養成するため陸軍士官学校の開校は明治七（一八七四）年十二月、海軍の士官養成の海軍兵学校は明治三（一八七〇）年十一月の兵学寮にはじまり、正式に九年八月に開校となった。こうしてみると、明治日本は一般教育より軍人養成のほうが先であったのか。西洋に劣らない新国家建設のためには、教育によって国民の知的レベルをあげるのが大事、という手間のかかる「富国」方針よりも、まず明治は「強兵」ありきであったことがわかる。

月給八十円の嘱託教員

『坊っちゃん』の特色の一に、あだ名の多いことがある。校長狸、教頭赤シャツ、英語教師の古賀と数学教師の堀田は名がはっきりしているのに、それぞれ「うらなり」と「山嵐」のほうが通りがいい。結局、しっかりと名前が残るのは「坊っちゃん」のばあや清だけ。

漱石がこの小説を書こうと思ったとき、あだ名でいこうという趣向を思いついたのは、これはもう自分が松山中学校の教師時代に耳にすることのあった教師数え唄にある、とわたくしは勝手にきめている。数え唄そのものはあまり上手とは思えないが、「なもし」の腕白小僧どもが知恵をしぼって完成させた今日になるとまことに貴重なものである。

一つとや　一つ弘中シッポクさん
二つとや　二つふくれた豚の腹
三つとや　三つみにくい太田さん
四つとや　四つ横地のゴートひげ

五つとや　五つ色男中村さん
六つとや　六つ無理いう伊藤さん
七つとや　七つ夏目の鬼瓦
八つとや　八つやかしの本吾さん
九つとや　九つコットリ一寸坊
十とや　十でとりこむ寒川さん

漱石は七つ、「鬼瓦」とされたのは、鼻のあたりにわずかながら残っている子供のときかかった疱瘡の跡を、腕白どもに発見されたゆえかと思われる。「鬼」とあるのはその教え方がきびしいせいも、いくらか影響しているかもしれない。漱石は小説の登場人物にあだ名をつけながら、「鬼瓦」を想いだしてくしゃみの一つもしたであろうか。

このほか、松山市の研究家をはじめとして、すでに多くの人によって説明されているのもあるが、それも含めて、こんど調べてわかった余計な注釈を知れるかぎり書くことにする。ちなみに名前のつぎのカッコ内の数字は当時の月給である。漱石の八十円とくらべてみるのも一興かと思い、あえて記してみる。

シッポクとは松山の老舗「亀屋」といううどん屋のシッポクうどんのこと。小唐人町と湊町一丁目の角にあるこの店で、松山着任直後の数学教師弘中又一（二十円）が時分どきにシッポクうどん四杯を食った事実がある。それを生徒たちが見つけた。漱石は『坊っちゃん』のなかでは「天麩羅《てんぷら》を四杯平げた」と、江戸ッ子風に直してある。

「二つふくれた豚の腹」は英語の西川忠太郎（四十円）の体格からきている。ホホホ……と格好つけて笑い、ときどき赤シャツを着てきたという。それで「教頭の赤シャツ」のモデルは、すでに定評ある横地石太郎（八十円）よりも、この人とわたくしは思いたくなっている。

なるほど物理・化学を教えていた横地は東大出の学士様であったし、ときどき赤シャツを着てきたらしい。ただし、当時の「職員録」（明治二十八年十一月十日）によれば「学校長事務取扱」となっていて、教頭にあらず。当時の松山中学校に教頭はいなかった。そして数え唄の四つにあるようにこの人は「ゴートひげ」（天神ひげ）をはやしたよき人格者であったらしい。赤シャツときめつけるのは気の毒な気がする。

「三つ」は漢文の太田厚（二十円）。ふとっているだけなのに、「みにくい」よばわりは生徒にあるまじき行為といわんか。いやそれ以上に、センスのないのが許せない。

問題は「五つとや」の中村宗太郎（三十円）で、歴史の教師である。「色男」と腕白どもも認めたように、女にもてもての好男子。元四国女子大教授新垣宏一氏の調査によると、

「（明治二十七年九月に転任してくると）教育者の集まる宴席で、評判の鈴吉という芸者と早くも意気投合し、ひいき者にしている。また、道後の温泉には遊廓があり、中村はよく登楼して、そこから学校に通勤してくることもある」

というとんでもない教師であった。しかも、漱石が松山へ着任する直前に、同僚の石川という教師が遠山のお嬢さんこと「マドンナ」、すなわち遠田という陸軍大尉のお嬢さん捨子に惚れこんでいるのを、中村はことごとに馬鹿にして邪魔した。自分の男前を鼻にかけ、嫌味たらたらに皮肉り、遠田家とさも親しいようなことを口にして、石川の片想いの純情を酒の肴にして打ち興じた。

新垣先生の調査報告をみるまでもなく、これでは石川青年教師がひどく自信を

失い、ついに片想いをたち切って松山から去ろうと決心したのは、自然の流れであったといえようか。そして石川転任のあとをうめて着任してきたのが、「八つやかしの本吾さん」の安芸本吾（三十五円）、博物の教師であった。

石川も安芸も徳島県の出身で、徳島中学の同窓というから、その縁もあったのであろう。阿波の方言を丸だしで安芸が「何やかし」「これやかし」と教室でやっていることから「八つやかし」と「なもし」どもにやられたの図である。

そして、漱石と安芸と弘中は、明治二十八年春にほぼ前後して松山中学校に着任している。そんな親しさもあって、漱石は安芸から、彼が松山へ来ることになった事情を聞かされたに違いないのである。送別の宴会で、わが純愛に泥をぬった奴として中村を許すことができず、この野郎めと組みついたが、かえって柔道の技で投げとばされて石川は口惜し涙をのんだ、などという話のあらましも、漱石は安芸から聞いていたことであろう。「マドンナ」を奪われる「うらなり」の無念は、ここにルーツをおいている。

以下、「六つ無理いう伊藤さん」は体操の伊藤朔七郎（十二円）、「九つコットリ一寸坊」は地理の中堀貞五郎（三十円）、「十でとりこむ寒川さん」は書記の寒川朝陽（十五円）であるが、『坊っちゃん』とは直接に関係のない人たちなので略。また、「数え唄」には登場しないが、「山嵐」のモデルとされている数学の渡部政和は月給三十五円であることも附しておく。

さて、数え唄から離れて一席すると、漱石が松山中学に赴任したとき、月給六十円の住田「狸」校長よりも二十円も高い八十円という高給であったことは、いろいろなものに書かれて有名である。わたくしも初めてそれを読んだとき、漱石ときに二十八歳、東大出の学士様の威力は大したものよと、半ばあきれながら感服した覚えがある。こんど改めて前記の「職員録」で確認した。わざわざほかの教師の月給も列挙したが、五十円を超えるものなど、学校長事務取扱の横地石太郎と、嘱託教員の夏目金之助の二人の学士様しかいないのである。

ところで、お気づきになられたろうか。わたくしはいま、夏目先生の肩書を「嘱託教員」と麗々《れいれい》しく書いた。誤記ではなく、「職員録」にはそう記されているのである。ちなみにほかの先生方の肩書一覧表をまとめてみる。

〈教諭〉横地石太郎、西川忠太郎、渡部政和、安芸本吾、中堀貞五郎、中村宗太郎。

〈助教諭〉村井俊明（二十五円）、太田厚、弘中又一、高瀬半哉（十八円）、伊藤朔七郎、浜本利三郎（十二円・作家浜本浩の父君）。

そして〈助教諭心得〉が唯一の「坊っちゃん」と同じ物理学校出身の安倍元雄（二十円）のほか三人いて、〈書記〉に寒川朝陽ともう一人、そのあとに、〈嘱託教員〉夏目金之助、左氏撞（二十円）、近藤元弘（十円）。

以上、計二十一人が明治二十八年秋の松山尋常中学校の全陣容である。うち十人が「数え唄」によみこまれている。

それにしても米一俵四円のころ、漱石先生の給料の法外に高いのは、いったいどういうことか。「職員録」を眺めていると、探偵的興味がむくむくとヘソのあたりにわいてきたのである。それにもう一つ、同じときの着任で、二十四歳の安芸本吾が教諭で、二十八歳の文学士夏目金之助がなぜに嘱託教員なのか。また、当時、校長はおらずとなっているが、はたして空席であったのか。エトセトラの疑いである。

さて、どこから手をつけるかと案ずるまでもなく、探索の糸口は、わたくしが所有する貴重なる資料の本、横地・弘中両先生の書き込みのびっしりある珍本

『坊っちゃん』（複写を所持）にもとめることができた。二章の、〈校長は薄髯《ひげ》のある、色の黒い、眼の大きな狸のような男である〉とある個所の欄外に、両先生は書いている。

「住田昇、月俸六十円、高師卒業生。事実なり」（横地記）

「住田ハ今ハ故人ナリ。新任早々、当時流行ノ子分招集策ヲ使用セル為、山嵐ニ排斥セラレテ失脚シタ。シカシ、狸デモ偉イ狸デアツタト思フ。殊ニ退却戦ノ見事サニハ敬服シタ。（即チ形勢不可ト見ルヤ自己ガ招集セル子分ヲ悉ク他ニ栄転セシメ、独リ最後迄踏止マリ、休職ノ辞令ヲ受取ツタ）。一同久保田迄送ツテ、渡辺ガ馬鹿丁寧ニ別辞ヲ述ベタ時、僕ハ狸ニ対シテ一掬ノ涙無キヲ得無カッタ」（弘中記）

これで十一月現在の「職員録」に住田校長がなぜいないのか、そのわけがあっさりとわかった。弘中先生が赴任（漱石より遅れて明治二十八年五月二十七日）してより秋までの間に、県より休職の辞令をうけとって狸は松山を去っていったのである。

こうして、書き込みをよく読むと、漱石と弘中の両先生や、いや横地先生の着任前に、ということは、明治二十六、七年ごろに中学校の内部でなにやらすったもんだの騒動があったことが察せられる。いや、事実あったのである。

調べてみてわかったことであるけれど、住田校長が「子分招集策」をかなりあからさまにやって、高師閥をつくろうとしたことに端を発して、松山中学校内は大揺れに揺れたという事実がある。何がきっかけになったかは不明であるが、生徒が立ち上がって、校長排斥・高師閥粉砕の旗印をかかげて大暴れ。これを校長派の先生が押さえにかかる。ついには全校ストライキに訴えんとする学校騒動にまで発展する。

生徒の先頭に立ったのが、大正のベストセラー『此一戦』の著者にして、のち反戦軍人として名の残る水野広徳である。水野は当時二十歳、中学校の最上級生であった。みずからが『此一戦』の巻末に青少年時代のことを回想して、「少年時代より札付きの乱暴者悪戯者で、書は姓名を記すれば足るなど、項羽を気取って、文章などは柔弱者の携る業であると軽蔑したものである」

と書くほどの豪のもの、校長一派の弾圧に一歩もひかなかった。

そしてストライキへ猛進する生徒たちの背後には、弘中先生の書き込み「山嵐ニ排斥セラレ」にあるように、山嵐こと渡部政和先生が軍師的な黒幕として存在したようなのである。ついでに書き込みを紹介しておけば、「渡部ハ数学ノ主任デアッタ。余リ淡白ナ人デハナイ。『おい君』ナドト云フ人デナイ」（横地記）、「山嵐ハ年下ノ者ニ対シテハ非常ニ淡白〔無関心の意〕デアッタ」（弘中記）と、両先生の評はかならずしも香《かんば》しくはない。

仰々しい騒動は校長側の完敗となる。ことの次第が愛媛県庁にまで達し、沢教頭以下何人かの高師出の先生が転勤させられることになる。ついでにいえば、水野生徒も責を負ってか嫌気がさしてか、明治二十七年十二月にみずから退学している。漱石の松山中学時代の教え子に水野の名を加える本がいくつかあるが、これは間違っているようで、ご両所は残念ながら師弟関係なしのすれ違いである。

戦いすんで、県と学校側とが中学校のたて直しにかかる。県は、去っていった高師出のかわりに、東大出などの優秀な先生を招聘《しょうへい》することにした。そのためにも金に糸目はつけぬ大盤振舞いを覚悟する。まず、去っていった沢教頭のかわりに、やってきたのが東大出の横地石太郎先生、鹿児島の旧制七高教授から転じてきた。同志社大を出たばかりの弘中又一先生にも口がかかる。

そして東京の、わが夏目金之助先生にも。

さて、ここが問題である。当時、漱石は東京高師に年俸四百五十円の教職をつとめていたのに、これをポイと辞めて、四国くんだりの中学校に職をえて転じるとは、なんたるもったいないことを。ということから、失恋しての都落ちとか、嫂《あによめ》との不倫の「罪」からのがれ、真の「生」に出逢うためにとか、いろいろな説がたてられている。

そりゃふてくされたような、あまりに突飛な行動であったから、あれこれデマがとぶのも無理からぬこと。ただひとついえることは、漱石は当時はげしい神経衰弱期にあった。どこか遠くへ行きたいというとてつもない思いに強くかられていたことはたしかである。

が、それよりもなによりも、金がほしかったから、それが転任の最大の理由であると思えてならない。提示された俸給がなんと月額八十円。県がもっていたお雇い外国人用の高額そのままの提示なのである。東京高師の倍額以上である。気分的にどこかへ動きたいと思っているときに、この高給に心を動かされない人はいないのではないか。それに漱石先生はときに二十八歳。

ここはもう、漱石が斎藤阿具あての手紙に書いている「小生当地に参り候目的は、金をためて洋行の旅費を作る所存に有之候」をそのままに信じたほうがよろしいようである。

県の書記官浅田知定から菅虎雄に依頼があり、菅が漱石に話をもちかけたのはいつごろのことか、明治二十八年のかなり早い時期であったと思える。いろいろな本には、相前後して友人の菊池謙二郎が勤める山口高等学校から教授招聘の口がきたのにこっちは断って、とあるが、そうではなくて、これはもう松山のほうの話がほぼきまってしまってからだいぶ後のことであろう。

ただ、この旧制高等学校からの招聘は若き漱石の心に若干の影響を与えたものとみえる。漱石先生が「松山へは約束しちゃったから確かにいくが、ずっとそこに腰を落ち着けるかどうかの保証はしかねる。そのへんのこと万々ご承知ありたし」とか何とか、県のほうにいささかの希望をいいだしたとみるのは、はたして当てずっぽうの説になるであろうか。さぞや県当局は困惑したに違いないが、とりあえずは背に腹は代えられない。そこで月給八十円の「嘱託教員」ができ上がった、という次第である。一年にして漱石の熊本の五高への転勤は、県としてはもう覚悟していたことであったのであろう。

たった一年ながら、「数え唄」によまれるほどに、夏目金之助先生は教壇に立って熱心に生徒たちを教えたのであろうか。ストライキ騒動後の中学校ゆえ、生徒たちの心にはまだ荒《すさ》んだところがあったことであろう。そのことを案ずる友人には、到着一カ月後に、「当地着以来教員及び生徒間との折合もよろしく」（狩野亨吉あて）、「教員生徒間の折悪《(ママ)》もよろしく好都合に御座候、東都の一瓢生を捉えて大先生の如く取扱う事返す返す恐縮の至に御座候」（正岡子規あて）などと知らせている。とすると、よい先生であったのか。

それにしてもすぐに去っていくことも承知の上で、松山中学の先生方は漱石によき心ばえのほどを示してくれたらしい。なのに漱石は松山のことをかなり悪く書いているのは、はたしてどういうわけか。そしてまた東大出の肩書が大いに威力を発揮したのもたしかのようである。

「俳句的小説」である理由

漱石作品で好きなものは？　と問われれば、『吾輩は猫である』『坊っちゃん』『草枕』をわたくしはあげる。いずれも小説家になったばかりのころの作品である。とにかく愛読する小説なのであるが、当の漱石先生は晩年になってこれをくさしている。門下生に問われて、

「『草枕』かい。あれには辟易《へきえき》したね。第一、あの文章に……読んでいくうちに背中の真ん中が変になってきて、ものの五ページとは読めなかったね」

と漱石は答えている。これは『草枕』ファンにとってはまことに困る。そりゃないぜ、大将よ、と江戸弁で毒づきたくなってくる。晩年の漱石は大きくいえば日本一の散文家になっている。独自の文体を確立して他の追随を許さない。その眼でみれば『草枕』は、ということになるのであろう。であるからといって、古往今来およそ類似したもののない《俳句的小説》を、さも若書きの失敗作のように否定する要はどこにもない。発表した以上、作品はもはやわがものに非ず、とは物書きの心得べき鉄則というものなんである。

と、息まいた上でたちまち話を転ずるが、この《俳句的小説》という言葉は『草枕』を書いた直後の漱石の自解である。この小説の発表は明治三十九年八月二十七日発行の「新小説」で、その直後に談話筆記という形で自作について語っている（「余が『草枕』」――「文章世界」十一月号）。

「唯一種の感じ――美しい感じが読者の頭に残りさえすればよい。それ以外に何も特別な目的があるのではない。されぱこそ、プロットもなければ、事件の発展もない。……在来の小説は川柳的である。穿《うが》ちを主としている。が、この外に美を生命とする俳句的小説もあってよいと思う」

つまり漱石はかなり若き日より傾倒し楽しみつつ一所懸命につくってきた俳句を、小説の世界にいかそうという未曾有の冒険を、このときあえてしてみたのである。「この種の小説は未だ西洋にもないようだ。日本には無論ない」といい、そこで「文学界に新しい境地を拓く」ために、漱石先生は大いにハッスルした。その壮たること、勇たること……。

が、お蔭で後の世のわれわれは大いに頭を悩ませている。「美を生命とする俳句的小説」と漱石がいった意図はどこに示されているのか。『草枕』のどこが俳句的なのか。プロットも無ければ事件の発展も無いのはわかる、それが俳句的ということなのか。美しい感じだけが残る、それも何となくわかる、それが俳句的ということなのか。そして論議・考証・研究の行きつくところは、ある国文学者が書くところの、

「もちろん近世の俳文の類いではなく、また小説中に単に俳句が点綴《てんてい》されているにとどまるものではない。地の文と挿入の俳句が混然一体となって、作品全体が俳句的な感性による匂いと光沢とを、みせているのである。たしかに『草枕』は季題の入った小説という感じがある」

というような結論になる。なるほど、と思う。学者らしくうまくいいおおせた、と感服する。論文の結論としてはこれで及第点となるのであろう。しかし、探偵の調査報告としては、これでは何もいっていないのにひとしいのである。「俳句的な匂いと光沢」といわれたって、感じない朴念仁《ぼくねんじん》にはさっぱりである。これでは調査料はもらえないと思えて、何とかしなくちゃ、という気になってくる。少々うさんくさくてもいい、観察し推理し証拠をひねりださなくては、と頼まれもせぬのにやたらと勇み立ってしまう。

漱石先生は、松山・熊本時代に千五百句余も俳句をつくっている。さすれば小説家への道を歩みだしたのちも、それらの俳句の原稿やら草稿やらを机辺においてときどき眺めることがあったのではあるまいか。いや、そうに違いない。と申すのも、『草枕』のなかに巧みにそれらが隠し味としてとりいれられているのに、びっくりさせられるからである。もっとも、この小説のそもそもが、熊本市西郊の小天《おあま》温泉へ執筆の八年前に小旅行した、そのときの体験にもとづいて書かれている。小説を書き進めるためにも、描写を完璧にするためにも、当時につくった机辺の俳句が山河風雨・森羅万象を想いだすよすがになる。当然といえば当然といえるのであるが。

さっそく推理の報告をはじめるが、この小説の一章で〈落ちる雲雀《ひばり》と、上る雲雀が十文字にすれ違うのかと思った〉とあるが、

落つるなり天に向つて揚雲雀

と同じ景がすでに熊本でつくられていると、まずはこんな調子なんである。小説の描写の隠し味に俳句がすでにつくられていた。

さきへ読み進めていく。

〈しばらくは路が平で、右は雑木山、左は菜の花の見つづけである。足の下に時々蒲公英《たんぽぽ》を踏みつける〉

そして、気の毒なことをしたと思って振り向くと、〈黄色な珠は依然として鋸のなかに鎮座している。呑気《のんき》なものだ〉と漱石はつづけて書く。きっとこのとき、

犬去つてむつくと起る蒲公英が

という句を詠んだときの、自分の呑気な気分を想いだしたに違いない、とわたくしは推理するのである。フムフム、そうだ、蒲公英を踏みつけてしまった、と思ったことがあったなと。

有名な陶淵明の、「菊を採る東籬《とうり》の下、悠然として南山を見る」の詩を引いて、〈垣の向うに隣りの娘が覗《のぞ》いてる訳でもなければ、南山に親友が奉職している次第でもない〉

と洒落をとばしているところでは、

鶯や隣の娘何故のぞく

と、十年前につくった駄句を漱石先生は苦笑しつつ読み返していたことであろ

う。

画工は蒲団のなかで眠くなる。入口の唐紙があいて、白い腕がちらりとみえる。まぼろしの女の影がかすめる。また、ひとりでに唐紙がしまる。〈余が眠りは次第に濃《こま》やかになる。人に死して、まだ牛にも馬にも生れ変らない途中はこんなであろう〉

という画工のふわふわした夢の中のような感想には、

人に死し鶴に生れて冴返る

この漱石の佳句を、ちょっとくわしい人はたちまちに想起することであろう。と、一行一行をいちいち細かくやっていてはきりがない。そう思って少々注意をはらえば、全篇のここかしこで熊本時代を背景にしている句がみつかる。「日当りや熟柿《じゆくし》の如き思いあり」もあれば、「落ちさまに蝱《あぶ》を伏せたる椿かな」「影参差《しんし》松三本の月夜かな」「菫《すみれ》程な小さき人に生まれたし」など知られた句もあるし、「海近し寝鴨を打ちし筒の音」から「敷石に一丁つづく棕櫚《しゆろ》の花」など、あまり話題にのぼったことのない句を偲《しの》ばせる描写もでてくるのである。

もちろん、小天温泉への旅行のさいにつくられた俳句が、そのまま作中の那古井温泉の風景や画工の動きとなって使われているのは、あらためて記すまでもない。「温泉や水滑らかに去年《こぞ》の垢」「温泉《ゆ》の山や蜜柑《みかん》の山の南側」などなど、である。

とくに好ましいのが十一章にある。観海寺を訪ねた画工は、和尚大徹と小坊主了念の見送りをうけて、寺をあとにする。ここの文章はあっさりしていながら、心に残るいい文章である。全文を引きたいくらいであるが、それもなるまい。で、その一部だけを。

〈山門の所で、余は二人に別れる。見返ると、大きな丸い影と、小さな丸い影が、石甃《だたみ》の上に落ちて、前後して庫裡《くり》の方に消えて行く〉

ゆったりとした、若干のユーモラスな、クリクリ頭の状景が目にみえるようである。それはまた、

明月や丸きは僧の影法師

と同じ感興なのではあるまいか。

小説を書く以前から、漱石はずっと東洋詩歌を西欧の詩以上のものと考えてきた。西欧詩と違って東洋詩歌は「凡てを忘却してぐっすり寝込むような功徳《くどく》」を

もっと漱石は思う。とくに日本の俳句はたった十七文字、詩形としてもっとも軽便である。しかし「詩人になるというのは一種の悟りであるから軽便だといって侮辱する必要はない。軽便であればあるほど功徳になる……」と漱石は俳句の功徳をほめたたえてきた。

つねづねそう考えていた漱石は、ある日、その「凡てを忘却してぐっすり寝込」めるような俳句的功徳たっぷりの小説が書けるかどうか、ふと思いたったのである。小説全体が超俗の美と喜びでいっぱいのようなものになりうるか。それには細部にわたって俳句的な、豊かな詩趣や雅境や、あるいは風流味や笑いがなければなるまい……。

とつおいつそう考えている自分の前に、好個の材料ともいうべき松山・熊本時代の自作の句を、山ほどもみとめたのである。このとき、漱石先生は小膝をたたいてニッコリ笑った。そして読み返しながら、それらを隠し味とすることで《美を生命とする俳句小説》が書けると確信した。そうにちがいないのである。

海棠《かいどう》と木瓜《ぼけ》の花

『草枕』を読むと誰もが同じ感慨を抱くにちがいない。実に植物がひんぱんに出てくる小説なんであるな、と。しかも単なる点景としてではない。漱石ッて、花や樹が心から好きなんだな、とつくづく感服させられるであろう。

菜の花、タンポポ、山桜、海棠《かいどう》、すみれ、椿、木蓮、木瓜《ぼけ》、柳、桃、その他その他。たとえば、菜の花は山路をたどってゆくはじめの方に登場する。「春は眠くなる。猫は鼠を捕る事を忘れ、人間は借金のある事を忘れる」と警句を吐いた主人公の画家は、魂の居所も忘れて正体ないほど、春の陽をあびてぼんやりとしたものの、

〈只《ただ》菜の花を遠く望んだときに眼が醒める。雲雀の声を聞いたときに魂のありかが判然とする〉

と喜ぶのである。

話をいちいち細かくやってはキリがないので、少しで飛ばしてしまうと、この小説のヒロインは申すまでもなく那美さん。何とも高慢ちきで、少々鼻もちなら

ぬ美女である。彼女はまず、

〈花ならば海棠かと思わるる幹を背に、よそよそしくも月の光りを忍んで朦朧《もうろう》たる影法師〉

と思われる姿で登場する。もちろん、これは画家の夢の中、美しい詩的幻想である。そのまま寝入った画家は、翌朝、目ざめて第一に障子をあけてみる。

〈海棠と鑑定したのは果して、海棠であるが、思ったよりも庭は狭い。（中略）海棠の後ろには一寸した茂みがあって、奥は大竹藪が十丈の翠《みど》りを春の日に曝《さら》して居る〉

妖しい女性の影法師を海棠の精にみたてるあたり、月光に惑わされた画家の夢としても、なかなか味わいが深い。ところで、漱石は、海棠を『草枕』のなかでしか登場させていない。ほかの花々は、他の作品にもちょくちょくあらわれるのに、何とも妙な話、『草枕』だけの花とは。しかもヒロイン登場の場面に使った大事な花の如くに扱われている。さては、海棠については何かウラがあると、わたくしは睨んだ。

そのナゾを解く鍵は、中国の故事にある、と確信する。と書けば、ハハーンと納得される方もあらんか。左様、楊貴妃にまつわる故事である。唐の歴史におけるこの美人の登場は、その美しきことを聞いた玄宗皇帝が、そばによび寄せようと使いを出すところにはじまる。皇帝の招きをうけたが、「いま友達と楽しく酒盛り中」で、気が向かないと貴妃はやんわり断るのである。酒をガブのみしている「わが頬ねむれる海棠の如く紅ければ」、とても出かけていくことはできません。玄宗はそれでも諦めずに執拗に使いを差向ける。「そこを何とか」。妃はそれも断る。そのときの名文句が歴史に残されている。

「海棠の睡《ねむ》りいまだ醒めず」

その故にであろう。中国では海棠のまたの名を「睡花」とイキな言葉で呼ぶ。漱石先生は那美さん初登場の場面を描くとき、この楊貴妃の故事をふと脳裏にうかべたに違いない、と推理する。紅にそまった重弁の花が、数をつらねてゆりとうつむき加減に垂れ下り、それがまた春の雨にしっとりと濡れる日などの、艶でかつ粋なこの花の風情。優雅で可憐、伏目がち。中宮寺の如意輪観音が思いだされてくる。いやいや、偲ばれるのは、愛する生きぼとけのオカラちゃん……？

なんて、ノロけてみてもいまは昔の物語で、何の役にも立たない。『草枕』に戻ると、この小説でもう一つ、大切にされている花がある。木瓜《ぼけ》の花である。〈木瓜は面白い花である。枝は頑固で、かつて曲った事がない。そんなら真直《まつすぐ》かと云うと決して真直でもない。只真直な短かい枝に、真直な短かい枝が、ある角度で衝突して、斜《しや》に構えつつ全体が出来上って居る。そこへ、紅だか白だか要領を得ぬ花が安閑と咲く。柔かい葉さえちらちら着ける〉

そして、画家は眺めながら一つの哲学を語るのである。〈評して見ると木瓜は花のうちで、愚かにして悟ったものであろう。世間には拙《せつ》を守ると云う人がある。此人が来世に生れ変ると屹度《きつと》木瓜になる。余も木瓜になりたい〉

この拙を守る人とは、直接的には詩人の陶淵明のことを指す。彼の「帰園田居」という長詩の中の名文句として、

守拙帰園田　　拙を守りて園田に帰る

というのがある。漱石は陶淵明のこの「拙を守る」生き方が好きであった。

この小説を書く大分前に、漱石先生はいくつか同じ心境の俳句をつくってい

る。そこに木瓜もでてくる。

木瓜咲くや漱石拙を守るべく

正月の男といはれ拙に処す

其愚には及ぶべからず木瓜の花

「守拙」とは、世渡りのへたなことを自覚しながら、それをよしとして、敢《あえ》て節を曲げない愚直な生き方をいう。拙も愚も同じ根をもつ。巧言令色、俗世に媚びて己れの栄達を求めるが如きは最も卑しいとする生き方でもある。朴直にして清廉。要するに誠実に生きていること。きっぱりと真直に立っている。漱石先生はこの語が好きで、そしてそれを理想の生き方としていた。

『草枕』は、画家が木瓜を見つめながら、愚に徹することを決心し、次第に気が遠くなり、いい心持になってゆき、そして詩興を浮かべ、ふと漢詩一聯《いちれん》を得るところをクライマックスにして終るのである。

◇椿の花は嫌い？

漱石は『草枕』のなかで、椿の花を〈余は深山椿《みやまつばき》を見る度にいつでも妖女の姿を連想する。黒い眼で人を釣り寄せて、しらぬ間に、嫣然《えんぜん》たる毒を血管に吹く。欺かれたと悟った頃はすでに遅い〉とか、〈（椿は）落ちてもかたまっている処は、何となく毒々しい〉とか、あまり好んでいない花のように書いている。

これを私はかつて「漱石先生は江戸ッ子ゆえに」と判断したことがある。理由は、いささか牽強付会《けんきょうふかい》になるが、左のような神戸新聞の記事を読んだからである。

兵庫県加西《かさい》市にある県立フラワーセンター職員（当時）の滝口洋佑氏が、椿の花はなぜ嫌われるか、という研究成果をまとめた。まず、椿の花の落ちるのは武士の首がぽとりと落ちるようで縁起が悪い、との俗説から一般にはうとまれはじめた、と滝口氏はいう。そして、この俗説は明治時代につくられ広まった。すなわち、「幕末から明治初めにかけて、薩摩や長州の侍に〝やられっぱなし〟だった江戸ッ子が、ツバキの好きな薩長の政府高官や士族らに投げかけた皮肉がそもそのものはじまりであった」と滝口氏は説くのである。

それ以後、大手を振って江戸市中をまかり通っている薩長の芋ザムライどもへの鬱憤《うっぷん》ばらしのひとつとして、江戸ッ子に嫌われて、椿の花の旗色はぐんぐん悪くなっていった、というのである。

わたくしはこの記事を読んで、大いに自得するところがあった。漱石が『草枕』で椿をけなしているのも、そうかそれでか、とごくごく自然にわかった。さきにあげた引用文の椿の文字を薩長人とわたくしは読みかえて、精一杯の拍手を送っている。

東京は向島生まれ、家を空襲で焼かれて都落ちして越後長岡の中学校の卒業、と自己紹介すれば、わたくしのうちの薩長嫌いは申さずともわかっていただけよう。幕末における薩長は政権奪取のための、暴力組織以外のなにものでもないと思っている。長岡藩は無理やり喧嘩を吹っかけられて、亡国に追いこまれた。

ところが、『草枕』では江戸ッ子らしくまことによろしいのに、困ったことに、漱石先生はこと俳句となると椿について悪感情をそれほどむきだしにしてはいない。むしろユーモラスにとらえたりしている。

弦音にほたりと落る椿かな
落ちさまに蝱《あぶ》を伏せたる椿かな

晩年になっても椿の句をしきりに詠んで、いい感じをだしている。

落椿重なり合ひて涅槃《ねはん》哉
飯食へばまぶた重たき椿哉

この「飯食へば」の句は好みの句で、以前にこんな鑑賞をかいたことがある。

「やや食べすぎ加減のかったるい気持で、ぼんやり庭を眺める目に椿の花が映った。重ったるい花とまぶたの重さ。おそらくこの椿は真っ赤な色をしていたことであろう。この句は何も胃病を背景においで味わわなくてもいいよき感興にあふれている」

それだけでなく、一枝の椿の絵を描いて、自画賛の一句をそえてさえいる。

椿とも見えぬ花かな夕曇

どうも椿嫌いが徹底していなくて、せっかくのわが推理がチグハグで困るんであるが……。いや、ここは俳句ではなく、江戸ッ子のはなしであり、『草枕』だけにしておけばよかったのである。

謡曲好きについて

『草枕』で、漱石は能のすばらしさについて書いている。

〈我らが能から享《う》けるありがた味は下界の人情をよくそのままに写す手際から出てくるのではない。そのままの上へ芸術という着物を何枚も着せて、世の中にあるまじき悠長な振舞をするからである〉

つまり『草枕』という小説は、要すれば、能のごとくに俗界を離れ、白雲流る非人情の天地に逍遙《しょうよう》することに主題があったといえるかもしれない。

と書いて『草枕』を離れた話題になるけれども、そんな非人情の天地を逍遙することを夢想していた漱石は、その現実的な具体としての観能をこよなく愛していた。ついでに、みずから謡曲をうなることも。

しかし、実際となると、そうは手際よくいかなかったようで、そこが何ともおかしい。明治四十二年四月六日の『日記』に、漱石はこんな愉快なことを記している。

「八時頃辞して帰る。細君に俊寛《しゅんかん》を謡《うた》ってきかす。謡ってから難有《ありがと》うと云えと請求したら、あなたこそ難有うと仰《おつし》ゃいと云った」

　これでみると、細君にすっかり敬遠されて、「〽幽《かすか》なる声絶《たえ》て、舟影も人影も消て、みえずなりけり跡消て、みえずなりにけり」、と漱石先生は朗々と俊寛を謡いおさめることができなかったようである。お気の毒なことであった。

　これが俳句になると、

　　俊寛と共に吹かるる千鳥かな

と、謡曲での俊寛のくどきのなかに歌われる千鳥をいれて芸の細かいところをみせている。

　こんな風に日常でも小説でも俳句でも、漱石はしきりに謡曲に関連する話を書き残している。一言でいえば、謡曲にぞっこん入れこんでいた。ただし字義どおり下手の横好きであったらしい。高浜虚子と二人で「蟬丸」を謡い、当時大学生の寺田寅彦が同席した。廻し節の沢山あるところにきて、調子の合わなくなった虚子は、つい噴きだしてやめてしまったが、漱石はかまわず謡いとおした。漱石が謡いおさめると、寅彦がのんびりした声でいった。

「先生の謡は、いやはや聞きしに勝るからッぺたですな」

漱石は色をなした。

「まずくなんかない。キミの耳がなってないからだッ」

この気持はまことによくわかる。わたくしだって若いころ謡曲をさんざん習った覚えがあるが、「まずい」といわれて、「そうかな」と認めることは、金輪際ないのである。

だいたい人が一所懸命にうなっているのに、

「聞きしに勝るからッぺた」

などと評する寅彦は人の心の微妙なところを解せぬ田吾作というほかはないのである。

第三話　「小説家たらん」とした秋《とき》

◇明治三十九年春

『吾輩は猫である』がきちんとした長篇的構想で書きはじめられたものではないことは、よく知られている。高浜虚子に勧められて気の向くままに筆をとったものが、発表と同時に大いに評判をよんで、漱石先生はすっかり気をよくし、二章、三章、四章と書きついでいった。

ところで、ちょっと注意して読んでいくと妙なことに気づくのである。巻頭の「吾輩は猫である。名前はまだない」にはじまって、ずっと物語は「吾輩」の猫の目や耳を通してだけで展開されてきたものが、九章の終りに近いところで変調をきたす。それまで、断りもなく座敷であろうと台所であろうと隣家であろうと、自由に出没していた「吾輩」が、この章ではなんと、御主人たる苦沙弥の心の内側にまで入りこんでしまうのである。

〈迷亭が帰ってから、そこそこに晩飯を済まして、また書斎へ引き揚げた主人は再び拱手《きようしゆ》して下のように考え始めた〉

とあって、それまでは目に見え耳に聞こえるものをしか語れないはずの猫に、作者は人間さまの心のなかまでを洞察させてしまうのである。

〈自分が感服して、大《おおい》に見習おうとした八木独仙君も迷亭の話しによって見ると、別段見習うにも及ばない人間のようである。……〉

と、以下に長々と苦沙弥の哲学的思索が、それも岩波文庫の解説によると「作者自らの神経衰弱についての最も鋭い自省」の念が、四ページ近くもつづくのである。これは「吾輩」の一人称視点で語られてきたこの物語の約束事を、勝手に破るものであった。さすがに「吾輩」は、つまり漱石先生は、その不作法に気づいた。そこでかくも「吾輩」が神の如くに人間の心理を見通せるのか、についていささか強引な弁解をつけ加える。

〈吾輩は猫である。猫のくせにどうして主人の心中をかく精密に記述し得るかと疑うものがあるかも知れんが、この位の事は猫にとって何でもない。吾輩はこれで読心術を心得ている。いつ心得たなんて、そんな余計な事は聞かんでもいい。ともかくも心得ている〉

余計なことは聞くなと漱石先生がいうから、聞かないことにして、勝手な想像をめぐらすことは許してもらうと、小説家夏目漱石の誕生がここにあるとわたくしは思っている。すなわち、多勢の子を養う生活のこともあり、いやいや勤めていた教師稼業に（それも東大講師兼一高教師と立派なものであったのに）はっきり見切りをつけ、ようやく漱石先生は、自分の本質と志は創作にあり、と見定めたときなんではあるまいか。九章の終りの部分の書かれたのは明治三十九（一九〇六）年三月十日前後、ときに漱石先生は三十九歳。

前年の三十八歳後半、漱石の執筆活動はすさまじかった。『吾輩は猫である』六、七、八章、『一夜』『薤露行《かいろこう》』『趣味の遺伝』を書き、多くの来客を迎え、長文の手紙を何通も書き、その上に過密な授業の講義録を作った。『趣味の遺伝』なんて学校を休んで書き上げている。こうして八面六臂《はちめんろっぴ》の二足のわらじ的頑張りをつづけていれば、おのれの心がどちらかに傾くかは、自分でもいとも明瞭にわかってくる。自然と、いや必然と漱石は創作意欲を高め、教師嫌悪感をいっそう増幅させていく。

「とにかくやめたきは教師、やりたきは創作。創作さえ出来ればそれだけで天に対しても人に対しても、義理は立つと存候」（明治三十八年九月十七日付、高浜虚子あて）

「人は大学の講師をうらやましく思い候由、金と引きかえならいつでも譲りたく……」（同十月二十日付、奥太一郎あて）

そのくせまだ筆一本で生きるの決心はつかなかった。

「僕は小説家程いやな家業はあるまいと思う。僕なども道楽だから下らぬ事をかいて見たくなるんだね。職業となったら教師ぐらいなものだろう」（同十二月十九日付、野村伝四あて）

「この二週間、帝文（帝国文学）とホトトギスでひまさえあればかきつづけ、もう原稿紙を見るのもいやになりました。是では小説などで飯を食う事は思も寄らない」（同十二月十八日付、高浜虚子あて）

と、そうまでわが心の奥を吐露していたのに……。

ところが、である。九月にポーツマス条約の調印で戦争終結、日露戦争後の予想もしなかった好景気の到来となる。その結果としての時代の文学状況は、いろいろと思い惑う漱石を刺激してやまなくなった。「早稲田文学」の復刊、上田敏を中心に「芸苑」の創刊と、文壇は活気づきはじめる。およそそれまで文壇とはつとめて無関心であろうとしていた漱石も、こうなってはがぜんハッスルせざるを得なくなってきた。この両誌の出現によってよほど闘志を漱石先生はかきたてられたにちがいない。

そして年が明けた。明治三十九年はじめの書簡で、漱石はくり返し逸《はや》る気持をぶつけだした。

「早稲田文学が出る。上田敏君などが芸苑を出す。鷗外も何かするだろう。……書斎で一人で力味《(ママ)》んでいるより大に大天下に屁のような気焔《きえん》をふき出す方が面白い」（一月一日付、鈴木三重吉あて）

「本年より早稲田文学芸苑その他にて文壇も大分賑やかになり候。その間に立ちて出頭没頭の陋態《ろうたい》をきわめ候こと、大悟の達人より見ば定めしおかしからんと……」（一月四日付、小島武雄あて）

創作のほうは〝出頭没頭〟しながら、大学の講義となると「この正月は講義を作る積りの所まだ一枚も作らない」（一月六日付、加計正文あて）であり、二月になっても「三月には猫のつづきをかく積りでいる。レクチュアはまだ一枚もかかない」（二月七日付、野村伝四あて）とかなり投げやりとなる。この野村伝四あての手紙にいう「猫のつづき」が、つまり『吾輩は猫である』の九章であった。そして、おそらく漱石が九章を書きはじめたころ、東大教授会のほうから腹にすえかね到底承服できない命令が下され、断乎としてこれを断り、教授への道をみずから絶ち切り「もはやこれまで」と、本能寺の信長的心境に漱石は追いこまれるのである。このことについては本書の第五話でややくわしく書いておいた。

と、猫の読心術をまねて漱石先生の当時の心理をかく追っていくと、まさしくこの九章の猫の読心術にかれの大いなる飛躍の踏台があった、と断じたくなってくる。なにやら八章ぐらいまでのいかにも「書きたいから書く」自由な笑いが薄れて、小説家たらんの自覚からの批評精神が頭をむっくりもたげだしている。くだいていえば、「吾輩」のおしゃべりという形式で話を展開していくのも楽しいが、それよりも人間の心の内側のドラマ、そして社会ドラマはもっと面白く深いと、小説家漱石が気づいてしまったのである。

現実は、「筆は一本、箸は二本」の言あるごとく、完全にペン一本で〝百万人と雖《いえど》も吾往かん〟になるまで、なお一年余の時の経過を要する。そこがそれ、感受性と同時に責任感の人一倍強い漱石の漱石たる所以。その職にあるかぎり一所懸命に勤めねばならんと思うし、教師はわが本領にあらずときめているものの、それによって得るところの生活費の問題は重大この上ない。

漱石先生ともあろう天才にしてなお、おのれの道を見定めるときの二律背反のつらい想い。そも人間が度胸をきめることの難しさを改めて思わないわけにはいかない。

それにつけても、こう考えてみると、明治三十九年春は日本文学にとってもめでたいときであった。もっとも漱石作品のなかで、『吾輩は猫である』『坊っちゃん』『草枕』などの、別天地に逍遙遊《しょうようゆう》する、悠然として南山を見る境地至上主義のわたくしにとってはよろしいときでも、さもない人たちにとってめでたい春と一途に喜んでいいかどうか、それはおのずと別問題である。

「釣鐘の」の一句のウラに

明治三十九（一九〇六）年十月二十四日付の門下生松根東洋城あての手紙のおしまいに、夏目漱石はこんな一句を認《したた》めている。

釣鐘のうなる許《ばか》りに野分かな

さしたる名句とは思えないが、はじめて読んだときからなんとなくひっかかるものを感じていた。あるいは、単に野分（台風の古称）に吹かれる釣鐘をみての句ではなく、得意とする擬人法を漱石先生は駆使しているのではないかな、と瞬間的に考えられてならなかったからである。左様、釣鐘が実は漱石その人のこと、と、ごく自然に思えてきたわけなんである。

こんなときは、さっそく寺田寅彦・松根東洋城（豊次郎）・小宮豊隆の共著『漱石俳句研究』（岩波書店）を紐解くのを常としている。漱石をもっともよく知る三賢人の解釈と鑑賞は、つとに定評がある。学ばざるべけんや。

東洋城がまず口を切る。

「この句は鐘楼に釣鐘が懸っていた、そこに野分が吹いてい、そしてその釣鐘が重々しく懸っているという光景である。これは非常に動かない静かなものと、突拍子に激しく動くものとのコントラストである。野分の中に一つの動かないものを点じてその激しさを出している」

一読ただちに感ぜられたことは、何をおっしゃる、東洋城さんよ、である。得々として説かれているらしいこのコントラスト説には、はじめからとうてい承服しかねる。なんでも写生にもっていこうとすると、こんなその場しのぎの解釈がうまれてくることはわかるが、これでは漱石が詠まんとしたものとはほど遠い。見当が相当に違っているように思われた。

ところがこの句の眼目「うなる許りに」については、そのあとでつぎのようにまことに的を射た解釈をしているのであるから、東洋城先生はわかっているやらいないやら、と妙な気になる。

「唸るばかりにといったのは、鐘が打たれて鳴るのではなく、鐘みずからが鳴り出す心持を言うたのである」

然り、その通り。なのに、ここまでわかっていながら東洋城さんは、「外から打たねばならぬものを鐘の方から唸ると云うたので野分の激しさを思わせる」

と、またソッポにそれて野分のほうにだけ注目してしまう。

　小宮豊隆がつづいて鑑賞する。

「この句は先生が釣鐘を見るか何かして、その時吹いていない野分を連想して作った句だろうという気がする。釣鐘を見て作ったにしろ、野分を見て釣鐘を配したにしろ、とにかく僕はこの句に先生の巧みを感じる。この巧みは先生の文章にもよくある。一方からいうとこれは先生の独特ではあるが、しかし僕はこの種の巧みをあまり好まない」

　と、こっちはせっかく単なる写生にあらず、漱石の巧妙なこしらえものと看破していながら、好みじゃない、とあっさりしりぞけてしまう。これ以上のガッカリはないのである。

　わたくしは自称して歴史探偵を名乗っている。その職業柄というか、どうしてもなにか事や物があれば、余計なことながら、その隠れたうしろ側をついつい知りたくなってしまう。深く観察しそこを探って推理する。

　さて、なんの変哲もなさそうな「釣鐘のうなる許りに野分かな」の句であるが、つくられたのが明治三十九年十月というところに注目する。このころの漱石はなにものであったか。書くまでもないことであるが、本名の夏目金之助として、東京帝国大学と第一高等学校の、英文学と英語の教師であった。大学の給料が年八百円、一高が七百円、つまり一ト月あたり百二十円ほどの給料の公務員で、これでは生活に不如意をきたすからやむをえず明治大学で一週一日四時間の講義をやって一ト月三十円をかせいでいた。

ところが前年の明治三十八年一月に発表した小説『吾輩は猫である』の第一章が大評判をよんで、夏目漱石なる雅号を用いて、かれは作家の道を歩みはじめていた。つまり二足のわらじをはきだした。三十八年は『吾輩は猫である』のつづきを六章まで書き、そのほか何篇かの短篇も発表して、文名を大いに高くした。

そして三十九年になると、たとえば四月三十日付で、「一、金三十八円五十銭也」が『吾輩は猫である』十章分の原稿料、「一、金百四十八円也」が小説『坊っちゃん』の原稿料、合計百八十六円五十銭という領収書が残っているほどに、作家稼業のほうも繁昌《はんじょう》をみせていたのである。

同年十月には、『吾輩は猫である』を完結させ、その前半が単行本として発刊される。と、これがベストセラーの売れ行きである。ほかにも大好評で迎えられた『草枕』や、ぴりりとわさびのきいた短篇『二百十日』もすでに書きあげている。文名を慕って文士志望の青年や大学や高校の教え子たちがぞくぞくと押しかけて門をたたき、弟子入りしている。

こんな風に、漱石先生は、処女作発表いらいこの二年間、まことに気負って書きに書いたのである。その結果は、「その博《ひろ》い教養、深い学識、鋭い観察と感受性、長い間の修業、堅固な信念と確乎《かっこ》たる道義、天成の好謔《こうぎゃく》と諷刺《ふうし》、そうして麗わしい人間性、こうしたものが全的に一丸となって燎乱《りょうらん》の花を咲かせた」と、門下の作家松岡譲がのちにいうように、押しも押されもしない作家のひとりとなっていた。

ふつうの人ならそれでもう大満足で、二足の草鞋をはいて、不平憤懣《ふんまん》の持ちようもなかろうに、漱石先生は違っていた。もともとかれは教師という仕事が嫌いであった。それは自分の柄になく、自分の本質と志とは創作にあると堅く信じている。それならそれでよくあるように、好きなほうにしっかりと身を入れてやり、教師のほうはよい加減でお茶をにごす。ただ月給だけ貰えればいい。それも可能であったのに、江戸ッ子漱石はあくまでも律儀な男なのである。無責任に、可能な範囲において講義の草稿をつくったり、早く論文しらべをすましたりというい加減なことなどはやっぱりできなかった。

もうこうなって、本来この両立しないものを同時にうまくやることはできなくなればなるほど、漱石のうちには、十年一日のごとく教壇に立って同じ講義をしている先輩や同僚教師の姿が、ばかばかしくてならなくなってくる。俺もああなるのは御免だ。といって授業に身を入れれば、そのために消える時間が惜しくてならない。毎日のようにかれを攻めたてるのは「やめたきは教師、やりたきは創作」の痛切な思いのみであった。

ならば、さっさと辞表を書けばいいのであるけれど、そうはいかない事情がある。斎藤緑雨の名言、「筆は一本なり、箸は二本なり、衆寡敵せずと知るべし」で、原稿は書けなくなればそれまで、また人気がいつまでつづくかの保証もない。いかな天才でもさすがに決意がにぶる。明治は今日とはずいぶんと文学状況が違うのである。それに夏目家は、養うべき子も多い上に、妻の実家が破産して借金の山、経済的にはなはだピンチの状況にあった。

その上に、かれの前には、官費によるイギリス留学満二カ年の倍の年限、すなわち四カ年は教師をつとめねばならない文部省がきめた義務年限が、がっちり大手をひろげている。漱石がロンドンから帰国後に教師になったのは明治三十六年春、それから満四年の四十年春までは何があっても勤めねばならない。それに漱石は義務に忠実な人でもあった。

ここまで書けば、もう手品も種明かしした も同然である。どうにも思うようにならない憂《う》き世の冷たい風に吹きさらされて、我慢に我慢を重ねて「うなる許りに」漱石先生はなっているのである。我慢ができなくなっている。ええいッ、俺は俺のやりたいことをする、とぶんなげる直前にまでなっている。いまにも、うなりだしそうになっている。その烈しいおのれの心を野分に吹かれている釣鐘に托したのである。

釣鐘のうなる許りに野分かな

それはこの直前に書かれた漱石の書簡をみればより明らかである。

「百年の後、百の博士は土と化し、千の教授も泥と変ずべし。余は吾文をもって百代の後に伝えんと欲するの野心家なり」（十月二十二日付、森田草平あて）

「僕は打死をする覚悟である。打死をしても自分が天分を尽くして死んだという

慰藉があればそれで結構である」（二十三日付、狩野亨吉あて）

そして二十四日にこの一句を詠んだあと、漱石は悲にして壮なるある覚悟を固めた。

「死ぬか生きるか、命のやりとりをする様な維新の志士の如き烈《はげ》しい精神で文学をやって見たい。それでないと何だか難をすてて易につき、劇を厭うて閑に走る、いわゆる腰抜文学者のような気がしてならん」（二十六日付、鈴木三重吉あて）

とみてくれば、「釣鐘の」の句こそは漱石の作家決意を記念すべき一句ということになるのである。

第四話　ある日の「漱石山房」

「木曜会」の集まり

文化勲章をうけ、『古寺巡礼』の著者として知られる和辻哲郎も漱石の門下生のひとりである。戦後も昭和二十五年に「漱石の人物」と題してこう書いている。

「私が漱石と直接に接触したのは、漱石晩年の満三個年の間だけである。しかしそのお蔭で私は今でも生きた漱石を身近に感じることができる。漱石はその遺した全著作よりも大きい人物であった。その人物にいくらかでも触れ得たことを私は今でも幸福に感じている」

漱石の死後三十五年もたっての回想である。もうそろそろなんとでもいえるであろうときに、とあえて考えれば、和辻が直接の人間的なふれ合いから得た漱石の影響がいかに大きかったかがよく偲ばれる。「全著作よりも大きい」人物なんて、わたくしも長年編集者をして多くの人たちに接してきたからいえるのであるが、滅多に、いや、決して決していない。遠くからみるから富士山はいつだって秀麗なんである。

もう死後の百年もたっているいまになれば、その人に親しく接した人びとはひとりもいない。いまはもはや残されたいろいろな文章などによってしかその内実を知るほかはないのであるけれど、それにしても漱石自身の、門下生の各氏にあてた書簡を読むと羨望の念は倍加する。書簡には漱石の人柄がおのずからにじみでている。

たとえば、入門して間もないころの小宮豊隆あてのものがある。

「君は一人でだまっている。だまっていても、しゃべっても同じ事だが、心に窮屈な所があってはつまらない。平気にならなければいけない。うちへ来る人は皆恐ろしい人じゃない。君の方でだまってるから口を利かないのだ。二、三度顔を合せればすぐ話が出来る」（明治三十九年十一月九日付）

「君はあまり神経質だから今のうちにもう少し呑気になって置き給え。今のうちに呑気になるのは訳はない。僕がして上げるから、毎木曜に必ず出勤し玉え」（明治三十九年十一月二十五日付）

福岡から出てきたばかりの、大学二年生の小宮豊隆を、東京という都会で、多くの人と接しつつひとり歩きさせるために手をとり足をとらんばかりの優しい指導ぶりである。すでに『吾輩は猫である』『坊っちゃん』『草枕』を書き、作家としてその名は定まったときとはいえ、明治三十九年といえば、漱石はまだ三十九歳である。なみのものなら自分のことで精一杯の年ごろに、もうこのあっぱれな「人たらし」ぶりなんである。漱石は若くして、ごく自然に人を傾倒させる、頼られる、常に春風がそよ吹くがごとき大きな人間として、もうでき上がっていたのであろうか。

小宮あての書簡にでてきた「毎木曜に」とあるのは、毎週木曜日の午後三時からと決められた漱石の家でひらかれる面会日のこと。東大講師、一高教授の時代から教え子たちの自宅訪問を漱石は大歓迎していた。それが小説を書きだし文名大いに上がるにつれ学生たちばかりではなく、いわゆる「漱石山房」を訪ねる人が日ごとに増した。「事業山の如く多く、時間かくの如く短し。僕が二人になるか、一日が四八時間にならなくては、とうていだめだ」と、とうとう漱石は悲鳴をあげた。そこで、門下生のひとりの鈴木三重吉の提案を採用し、明治三十九年十月八日にいっせいに、

「来客に食傷して木曜の午後三時からを面会日と定め候」

という葉書を弟子筋に残らず送った。これが今日にいう〝文芸サロン〟ともいえる木曜会のはじまりである。第一回目は十月十一日。それはもう、自分を尊敬して集まる門弟に接するのはだれにしろ心慰められるものがあろう、という理由はすぐに思いつく。が、そのころの漱石はもう少し精神が昂揚《こうよう》していた。その前後に書かれた書簡でそのことがわかる。

「明治の文学はこれからである。今までは眼も鼻もない時代である。これから若い人々が大学から輩出して明治の文学を大成するのである。すこぶる前途洋々たる時機である。……（私は）死ぬまで後進諸君のために路を切り開いて、幾多の天才のために大《おお》いなる舞台の下ごしらえをして働きたい」（若杉三郎あて、十月十日付）

この意気ごみが、そして若いものに対する期待が、大して富裕でもない漱石をして、私塾を開く決意をさせたものにちがいないのである。どちらかというと教室で多勢の学生を相手にする教師嫌いにして私的な門下生好きな性向が漱石にはあった。不特定多数の生徒を前に、権威をもって十年一日のごとき講義をすることには、ホトホト嫌気がさしていた。それよりも面と向かって、その人間の性根を知り見識を理解したうえで、四つに組んで話し合うことを江戸ッ子漱石はもと もと好んだのである。しかも、

「もっとも烈しい世の中に立って、……どのくらい人が自分の感化をうけて、どのくらい自分が社会的分子となって未来の青年の肉や血となって生存し得るかをためしてみたい」(狩野亨吉あて、十月二十三日付)

というひそかな志をもっていた。それゆえに、漱石はむしろ積極的に能動的になってこの木曜会をひらいたのである。

面会は午後三時から、と決められていたが、多くの常連は夕方になってから出かけてきた。それで木曜日の夜の集まりを、いつしか木曜会と呼ぶようになったともいう。来るものは拒まず去るものは追わず、というごくあけっぴろげのもの

で、「今日は！」とそこに行きさえすれば、楽しい知的饗宴《きようえん》にあずかることができた。

　漱石の住居は本郷千駄木町、西片町、そして「筆は一本」になってから早稲田へと転じたが、滅多に会は休むことはなかった。参集する人が多かろうが少なかろうが、頓着しなかった。早稲田の家では、十人も集まると八畳の客間（それはごく自然に「漱石山房」と名づけられた）では座りきれず、となりの八畳にまではみだし、半円形に漱石をとりまいてみんなが座った。

　客が大勢になろうと少なかろうと、漱石の態度はまったく変らなかった。若い人びとに好きなように話をさせておいて、ときどきぴたとした答えを示すのを常とした。漱石はやたらと教えさとすといった風ではなく、当たりはやわらかく、おしゃべりでもなかった。

　夕食は原則として自弁であったらしいが、三度に一度くらい（少人数のとき）夏目家提供の場合があったという。忘年会、新年会などのほか何事かあると、一同は鍋を囲んだ。それも神楽坂にあった「川鉄」の鳥鍋と相場が決まっていた。ただし、漱石は酒をほとんど飲めない人であったから、いかに呑んべえが揃おうと杯盤狼藉《はいばんろうぜき》の馬鹿騒ぎなどは、一度もみることはできなかったという。

こうして木曜会は漱石の死の直前（最後の会は大正五年十一月十六日）まで、十年間の長きにわたって持続した。唐木順三が小評論「夏目漱石」のなかで感嘆している。

「多いときは十数人の後進を毎週一回自宅へ迎えて満十年ということは、酔興《すいきよう》ではできかねることである。夜の十一時、十二時まで聞き手になって倦《あ》きないということは、漱石が真底からの教育者であったことを示しているであろう」

まったくそのとおりというより、ここでもういっぺん、すでに引いた十月十日付の若杉三郎あての書簡を読み直してみたい。「幾多の天才のために大なる舞台の下ごしらえをして働きたい」。はたしてどのくらい漱石の期待どおりの「天才」がでたかどうか、それはよくわからないが。であるからといって、責任を漱石先生に問うつもりは毛頭もない。

◇談論風発のこと・その一

以下には、すでにいくつかの拙著にすでに書いたことをふくめて、〝ある日の漱石山房〟とでもいうものを、門下生の人びとがいろいろと書いているなかから、年代を無視して適宜えらびだして列挙してみる。自分がさながら木曜会の隅にいるかのようないい気持になって。

＊「四、五日前に次郎の『三太郎の日記』を読んだよ」と漱石がいった。次郎とは阿部次郎のことである。「なかなか面白かったよ。しかし、題がよくないね」。

門下生の一人が「でも、へんにとぼけていていいのじゃありませんか」とちょっと反撥した。

「よくないね」と漱石は言下にいった。「馬鹿の三太郎というようで、いかにも馬鹿を売物にしているところがあってよくないよ。主人公が『おれは馬鹿だ、馬鹿だ』といいながら、そのじつ、ちっとも馬鹿じゃないんだから、なおよくないよ。むろん、次郎は（小宮）豊隆なんかよりずっと利口だから、自然にああなるのかもしれないがね」

みんなが、思わずどっと笑った。

「それに、ああいうものとしては文章がうますぎる。元来、これは内容そのもので読ませなけりゃならないのに、次郎はどうも文章で読ましてしまう傾きがあるね。そこが問題なのだよ」

＊ある日、人間のエネルギーは何を食ったらいちばん多く出るか、そんな話題が出た。漱石がいった。
「島崎藤村氏によると、あい鴨だそうだ。その理由は、鴨は元来おらんだ三つ葉という草を食べる。この草が人間の腎臓の薬だというのだ。その証拠に、オランダの色街の入口に軒をならべている小料理屋には、みんな、鴨料理の行燈《あんどん》が出してあるっていうんだな。島崎君は、あんなに謹厳実直な顔をして、オランダまでいって色街を探訪するんかね」

そういって、漱石はクククと笑った。島崎藤村がアムステルダムの遊廓街を彷徨《ほうこう》している図を想像すると、わたくしだってクククとなる。

＊漱石は相撲好きである。何度か木曜会の話題にのぼった。

「相撲を面白く見ている人は、満足な生活をしている人ばかりのような気がしますね。金に苦労のない人達ばかりという……どうです、先生」と森田草平が笑いながら問うた。

「そうだろうよ。九州あたりからわざわざ見にくる人もあるんだから。すると、また、馬関あたりの芸者が、その人の後を追って、東京へやってきて、一緒に相撲を見ているんだから。世の中にはいろいろな酔狂があるもんだ。どうだ、なかなかの探偵眼だろう。で、僕は相撲を見ていて、ときどき、はたして人生はこれでいいものかと思ったりするんだがね」

と漱石は答え、自己反省をこめて、あははと笑った。漱石が相撲見物に両国へ行くのはそんな人生勉強の意味があるのか、と門下生は思いみんながくすくす笑った。

＊くり返しになるが、漱石は、ほんとうの相撲好きであった。贔屓《ひいき》力士がいて応

援していて好きになったタイプの、長屋の八五郎的なファンではない。「相撲は芸術だよ」と、門下生の質問にたいし、明快に答えたほどの根からの相撲好きである。いまなら横綱審議会委員にただちに推薦したくなってくる。要は年季が入っているのである。

雨天関係なしの両国国技館ができてからのにわかファンではなく、雨の日は興行中止の回向院の境内で野天相撲がおこなわれていた時代から漱石がわざわざ見物に出かけていったことは、国技館完成以前の、つまり明治四十二年以前の諸作品でも、はっきりうかがうことができる。

〈相撲が土俵の真中で四つに組んで動かない様なものだろう。傍《はた》からみると平穏至極だが、当人の腹は波を打っているじゃないか〉（『吾輩は猫である』）

〈活気にみちて困るなら運動場へ出て相撲でも取るがいい、半ば無意識に床の中へバッタを入れられて堪るもんか〉（『坊っちゃん』）

〈角力《すもう》は呼吸である。呼吸を計らんでひやかせばかえって自分が放り出されるばかりである〉（『野分』）

ここにごくごく一部を抜きだしてみたが、漱石はその初期の作品において、びっくりするほどひんぱんに相撲を例に、あるいは相撲用語を説明の用に役立てている。それほど相撲にかんするかぎり〝通《つう》〟の域に達していた。そしてついには、明治四十三年八月、修善寺温泉にて大量の血を吐き、九死に一生をえたときの死生観を語るにも、なんと相撲の例をもってするのである。『思ひ出す事など』の十九章で、少し長いがそのまま引用する。

〈余はこの心持をどう形容すべきかに迷う。力を商《あきな》いにする相撲が、四つに組んで、かっきり合ったとき、土俵のまん中に立つかれらの姿は、存外静かに落ちついている。けれどもその腹は一分とたたないうちに、おそるべき波を上下に描かなければやまない。そうして熱そうな汗の玉が幾筋となく背中を流れ出す。最も安全に見えるかれらの姿勢は、この波とこの汗のかろうじてもたらす努力の結果である。静かなのは相剋《そうこく》する血と骨の、わずかに平均を得た象徴である。これを互殺《ごさつ》の和という。二、三十秒の現状を維持するに、かれらがどれほどの気《き》魄《はく》を消耗せねばならぬかを思うとき、見る人ははじめて残酷の感を起こすだろう〉

漱石は、相撲の力闘のなかに人生のきびしい相をも見ていた。稽古によって鍛えられたいっせんの技に〝芸術〟を見いだしていた。それ以上に、四つに組んで動かざるまさに角力に、じっと興味の視線を注いでいたのであろうことが、よくよく想像される。いってしまえば、本格的な相撲好きであったのである。

それだけに大正五年一月十三日付の手紙の、つぎの一節で、山房に集う門下生に相撲好きがいないことを大いに歎きに歎いている。そしてそこに、ある寂しさすらが感ぜられてくる。

「明日から国技館で相撲が始まります。私は友達の桟敷《さじき》で十日間この春場所の相撲を見せてもらう約束をしました。みんなが変な顔をして相撲がそんなに好きかと訊きます。……」

この年の十二月九日、漱石は四十九歳で世を去った。最後の相撲見物十日間を思う存分に楽しんだものと思いたい。

＊電話は自分の用を足すためであり、他人に用を足されるためのものではない、と漱石は主張し、ときには自宅の受話器を外しっ放しにしておいたらしい。ある昔からの友人がそのことで文句をいった。

「君の家の電話はいくら呼んでも出てこない、不都合じゃないか」

「出ようが出まいが、僕の勝手だ」

「しかし、掛かってきた電話にすぐ出ることは加入者の義務なんだと思うがな」

「義務かどうか、まだ研究していないが、ともかくも僕は出ない」

友人が少しばかりプンプンしているところへ、ちょうど電話局のものがやって来た。そして漱石にたいしてコンコンと説教し、

「受話機を外しておくのは規則違反です。始末書を書いていただきたい」

と、用紙を差しだした。さすがの漱石もこれには怒ることもならず、無念残念そうに苦笑しながら筆をとった。友人はガハハハと大笑いして拍手喝采をした。
＊漱石は日向《ひなた》の暖かいところが好きで、秋から翌年の春までよく日の当る縁側に机を持ちだして、日向ぼっこをしながら、原稿を書いていた。少し暑すぎるようになると、
「おおい、頼む」

と大声をだした。すると、家族のだれかがさっそく麦藁帽子を持参する。と、

満面ニコニコしながら受けとり、それをかぶって原稿を書いていた。家族のものは「はじめから麦藁帽子をかぶっていけばいいのにね」とひそかにいい合った。

＊漱石は胃腸が悪くてしょっちゅう苦しんでいた。「胃が痛むときはよほど苦しいものなんですか」と訊く若い門下生に、漱石は答えた。

「そりゃ、君、実に苦しいね。錐《きり》でもまれるぐらいの話じゃないよ。まるで天地がひっくり返るようだね。そういうときには、この現実の世界がうその世界で、ほかにもう一つ、別な世界があって、それが本当の世界なんじゃないかとさえ思うね」

「それはまた、どういうわけですか」

「つまり、こんなひどい苦痛を我慢してまで生きていかなければならない現在の世界は、うその世界で、本当はこんな苦しい思いをしないでも、いくらでも楽に生きていける世界がほかにあるのじゃないか、とさえ考えたくなるんだね。事実、それほどまでに苦しいんだよ」

といいながら、膝の前に置かれてあった菓子鉢から、そば饅頭をつまみ上げると、鏡子夫人に見つからないよう素早く、漱石はパクリと口に入れた。

「目の前にあると、どうしたって手が出る。こうなると、手を出すほうもよくないが、手の届くところに饅頭を置いておくほうもよくないね」

そういって漱石は悪戯《いたずら》っ子のように首をすくめ、微苦笑をうかべた。

＊ある日、話がシェイクスピアに飛んだ。漱石が珍しく長々と語った。
「全体として沙翁（シェイクスピア）は偉いに違いない。何となれば、あれ程多くの人物になりおおせている作家は外にいないからである。しかし一つ一つの作をとっていえば一向に感心しないな。すべてが作り物である。そして人物の心理の動きなどもすこぶる粗大であると思うよ。とても近代のフランスやロシアの作家を読むような味は出ない。リヤ王にしろ、オセローにしろ、ああいう事件が近世に起ったとしても、あんな具合にはとても発展しない。とても沙翁などをこれから研究する気は起らないな」

＊「胃は悪し、肛門は悪しで、よく瓦斯《ガス》が出るのですが、それがまことに妙な音

をひびかせます。……どなたかがおいでになっていてその奇態なおならを聞きつけて、まるで破れ障子の風に鳴る音だとかおっしゃったので、それから破れ障子は面白い、まったくその通りだというので、落款《らっかん》をほらせる折りに『破障子』というのをたのんで、自分の書に捺していました」(鏡子夫人の回想)

漱石は、とにかく、やたらとオナラをぶっ放す人であったらしい。漱石の孫であるわが女房ドノにいわせると「あなたのほうがはるかにひどいと思うわ。あなたは速射砲という号をつけたらどうですかね」ということになるのであるが。

＊漱石があぐらをかいて機嫌よく雪舟の絵について大に論じた。

「あれくらい調子の高い、あれくらい崇高な絵は、ちょっと、珍しいね。ああいう絵の気品というものは西洋にはない。シャバンヌの絵があういうものに近いといえるがね。何しろ、西洋の絵は人情が主である。人間臭いものが多い。人間を離れた、人情をとり除いた、気高い芸術品を絵の方に求めるとなると、まあ、雪舟がそれだな。が、文学にはない。文学は人情から出来ているからだが……」

森田草平や久米正雄が、それならどういう所が雪舟の絵は気高いのですかと、坐り直して質問した。漱石も居ずまいを正して答えた。

「雪舟の絵にはムービングがないね。馬一匹描くにしても走っていたり、跳ねていたりしているところを描かない。北斎はそういうマンネリズムをやっている。が雪舟の馬は落付いて、ちゃんと坐っている馬でなければならない。雪舟はそういう馬を描いて、馬の本態をよく現わすのである。また馬のエッセンスはそういうポーズでなければ出ないのだよ。木でも、雪舟のは木のエッセンスが出ている。水でも、水の本性を描いている。風が吹いて立つ浪のところは描けても、静かな水の本性のところを捉えて描いている人は、あまりいない。要するに、雪舟の絵は気高い。探幽、宗達、光琳の一派の絵と、雪舟派のとをならべて見てよく味ってみると、すぐ分ることだが、前者には、一向、気高いというところはないね。後者にくらべてみると調子が低い。露骨にいうと、前者のは後者からみて下品であるな」

そして漱石は、最後に、こういい切った。

「全体に、動くということは下品なものだ。動くより凝《じ》っとしているほうが品がよい。だから、文学や音楽は動かない絵より下品なものなんだな」

＊前にも書いたように漱石は謡曲が好きであった。明治四十二年春、そこで謡曲好きな門下生たちと謡会というものを木曜会とは別に結成している。会則はただの一条、互いに大いに自慢し合うことが大事、という会であった。要は、上手になることを目指すよりも、下手のほうで鎬《しのぎ》を削ろうという壮《さか》んなる意気込みであったのである。

第一回の謡会は「漱石山房」ではなく、堂々と西神田倶楽部なる会場を借りて行われた、と記録にある。入場無料であったかどうか不明の、ほやほやの競進会である。安倍能成が「紅葉狩り」、小宮豊隆が「三山」、菅能近一が「七騎落」、高野金重が「望月」、それに安倍能成・野上豊一郎「舟弁慶」があり、漱石自身はワキ永田博とともに「清経」のシテをうなった。

さて、その成果や如何？　であるけれど、漱石の『日記』にこう書かれている。

「皆々初心。高野さんは御経を上げるような声を出す。菅能さんは応援をするような言葉を使う。天下かくのごとく幼稚なる謡会なし。その代り誰も通をいうも

のなく至極上品なり。……」（三月二十六日）
　みずからは「至極上品」とほめているが、どうにもこうにも聞くに堪えない演者がつぎつぎに登場したらしいことが想像される。こんなであるから、途中で散会となったにちがいないと想像されるのに、漱石先生は実に熱心に終生うなりつづけていたようなのである。
　その後、胃の具合がぐんと悪くなり、病症のはっきりするまで腹に力の入る謡をやめたほうがいい、と医者にとめられた。しかし『日記』には恐るべきことが書きつけられている。
「帰って長椅子に倚《よ》って書見していたら眠くなったから富士太鼓をうたった。それから晩食後には花月をうたった。これで悪くなれば自業自得なり」（明治四十三年六月十三日）
　修善寺で血を大量に吐いて〝漱石死す〟と伝えられたのはこの年の八月二十四日。いやはや、乱暴といえば乱暴、異常な熱といえば異常。それほどまでに漱石は謡曲に熱を入れていた。

談論風発のこと・その二

つぎは『漱石先生ぞな、もし』（正続）にすでに掲載したものであるが、わたくしの気に入っている話のいくつかをオマケとして。

＊漱石はよく若い弟子たちと議論した。あるときある男が、「そんなことでは、全くタガがゆるんだ、としかいいようがありません」というと、漱石は大笑した。

「バカをいえ。おれはもともとタガなどはめているもんか」

＊何か意見をいうと、漱石がいつも反対するので、森田草平が「先生の反対は、反対せんがための反対だ」と文句をつけた。漱石は笑って「君のようにビールをのめば必ず小便がでるものだと思っているようでは、ダメなんだ、とおれはいっているのさ」といった。

つまり常識論じゃダメだ、ということである。

＊木曜会で、弟子たちの作品が朗読され、批評された。鈴木三重吉が自分の作品を読むとき、きまって声色を使ったりするので、漱石は「鈴木、よせ」とそれを止めさせ、他の人に代読させた。あるとき漱石が代読したら、なぜか声色を使って読んだ。みんなが大笑いすると、「荘子曰く、これを顰《ひん》に倣《なら》うと」と漱石は負け惜しみをいった。

＊門弟のひとりが正月のおとそ機嫌で漱石に聞いた。「先生は、奥さん以外知らないということですが、本当ですか」。すると漱石は少しも騒がずに曰く、「雲煙模糊《うんえんもこ》たり」と。

＊漱石とある門人との対話。
門人「子供に私の性質が伝わると思うと、子供を作るのも恐ろしいことです」
漱石「では、肥料をやって野菜を育て、それが人に食われて他人の血となり肉となる、と思うと、糞をするのも恐ろしい、ということになるな」

＊ある門人が作家になるための心得をたずねたが、漱石はよう返事をしなかった。重ねて門人が「では、どんな資質が必要ですか」と聞いたら、漱石が逆にその男に問うた。
「キミは銀座など歩くときに、ショーウインドウをのぞくのが好きかね」

「そんな女みたいなことを」と門人が答えると、漱石はいった。

「キミは作家にならんほうがよろしい」

＊朝日新聞の校正係をしていた石川啄木は、年じゅう金に困って悲鳴をあげていた。見るに見かねて森田草平が仲立ちとなって、漱石からしばしば金を借りてきては、啄木に与えた。あんまり重なるので漱石にいいづらくなり、鏡子夫人からかなりの額を借りることとした。それが度重なったのに親分肌の夫人は嫌な顔ひとつせず、申し込まれるたびになにがしかの金をだした。
全部が全部、啄木の手に渡ったかどうかわからぬが、少なくとも貸した金はまったく返してもらわなかった。

＊寺田寅彦はまことによく漱石山房を訪ねてきたが、いつも手ぶらである。そのことを家族から教えられた漱石が、からかうように寅彦にいった。「キミはよく来るが、何も持ってきたことがないそうだね。ほかのものは色々と気を使ってくれるというよ」。すると寅彦はヌケヌケと答えた。
「先生はそんなに貰うことが好きなんですか。それならつぎにお訪ねするときは、現ナマでどっさり持ってきましょう」

＊森田草平が「人間の弱さ」ということについて語って、漱石に「たがいの弱点を知りつつ、それを許し合うようでなければ、真の友情は生まれないと思います」といった。言下に漱石は叱った。「それは泥棒のつき合いというものだ」。そして言葉をついでいった。
「おれは昔から、物のわかったおじさんというものが嫌いだ。そういうおじさんは、自分が道楽した覚えがあるから、相手の道楽も許す。相手を許すと同時に、結局は自分自身をも許している。それは決して自他を改善する道ではない。真の

友情とはそんな許し合うものじゃなかろう」

＊芥川龍之介と久米正雄と松岡譲、それに大学生ひとりの四人が、漱石の最晩年の大正五年の十一月に非常に興味深い会話をかわしている。その一問一答を松岡譲が著書『漱石先生』に残してくれている。たとえば娘が突然眼がつぶれてしまったとする、しかし「それを平静に眺めていられる」という漱石に、若い門弟たちは「それは残酷すぎるじゃないですか」と反論する。

以下、問答は核心に入る。

「およそ真理というものはみんな残酷なものだよ。一体人間というものは、相当修行をつめば、精神的にその辺まで到達することはどうやら出来るが、しかし肉体の法則がなかなか精神的の悟りの全部を容易に実現してくれない。頭の中では死を克服できたと信じていても、やっぱりその場になったら死ぬのはいやだろうよ。それは人間の本能の力なんだね」

――すると悟りというのは、その本能の力を打ち敗かすことですか。

「そうではあるまい。それに順《したが》って、それを自在にコントロールすることだろうな。そこにつまり修行がいるんだね。そういう事というものは一見逃避的に見えるものだが、その実、人生における一番高い態度だろうと思う」

——先生はその態度を自分で体得されましたか。

「ようやく自分もこの頃一つのそういった境地に出た。『則天去私』と自分ではよんでいるが、他の人がもっと外の言葉で言い現わしてもいるだろう。つまり普通自分自分というういわゆる小我の私を去って、もっと大きないわば普遍的な大我の命ずるままに自分をまかせるといったようなことなんだが、そう言葉でいってしまったんでは尽くせない気がする。その前に出ると、普通えらそうに見える一つの主張とか理想とか主義とかいうものも結局ちっぽけなもので、そうかといって普通つまらないと見られてるものでも、それはそれとしての存在が与えられる。つまり観る方からいえば、すべてが一視同仁だ。差別無差別というような事になるんだろうね。今度の『明暗』なんぞはそういう態度で書いているのだが、自分は近いうちにこういう態度でもって、新しい本当の文学論を大学あたりで講じてみたい。……」

＊漱石が大学生時代の思い出を楽しそうに語った。

「弁当にのり巻の寿司を竹の皮に包んでよくもっていった。これが同級生の目にとまって、見ろ見ろ夏目は今日ものり巻だぞと笑うから、そんなに笑うといつまでも持ってくるぞ、と私はそれからものり巻の弁当で押し通した。しまいには根負けしてだれも笑わなくなった。われながら頑固な男だと思うね」

＊漱石はどちらかというと大きな面をしていた。それにくらべると肩幅《はば》がいかにも狭い。おしゃれな漱石はいつもそれを苦にしていた。それである日、森田草平に「洋服を着ると僕は見苦しいなァ」とこぼすと、「先生は実際肩幅が狭いからフロックコートなど着ないほうがいいですね」と森田が答えた。とたんに漱石先生、ムッとした顔になっていい放った。

「なにッ、肩幅が狭いだと。人の口真似はよせ。いうなら自分の発見したことをいえ。実用新案でも独創でなくては登録しないんだ」

＊新入りの門下生のもってきた原稿に丁寧に目を通し、読み終って漱石は庭に視

線を送った。硝子戸がひらかれていて、庭の青々とした苔、一面に生えた木賊、そして格好のいい芭蕉のそばに赤い色の春の花の咲いているのが、門下生の眼にもあざやかに映じた。ややあって、漱石がひとり言のようにいった。

「そこいらに咲いている花は、根があって、幹が出ていて、その枝に咲いているのでしょう。そこで花だけ書いたってダメなんです。根をしっかりとらえなければダメです。花だけ書こうとするなら、ずっと飛び離れた、それこそ、縹緲《ひょうびょう》とした天界に人をおびきよせるようなものでなければなりません」
＊女の子ばかりのあとに、晩年に男の子が二人生まれた。とくに下のほうはキカン坊で、行ってはいけないといわれているのに、木曜会の席へときどき顔をだして、回らぬ舌で「アバタ面」と叫んでは逃げていった。
「あの子は、どうやら、君たちが蔭でいっているアバタ面をお世辞と思っているらしいんだな」

と漱石先生はいって、門下生の顔をひとわたりジロリと眺めまわした。

＊漱石はあるときしみじみとした口調で語った。
「シェイクスピアでも、近松でも、黙阿弥でも、その時代の気に入るように書いた。いわば、なんの目的もなく、ただただパンを得るために書いた。だから、その作品にはなんとなく嫌味がない。そして、どこかに味がある。時代を超越して、わが作品はこんご何年たったら再版されることを欲す、と遺言して死んだ人も西洋にはあるそうだが、そういうものは、どこかに、嫌なところがあるね」

＊『虞美人草』いらい『明暗』まで新聞小説を書きつづけた漱石が、新聞小説のむつかしさについて正直なことを語っている。
「新聞小説というのは面倒なもので、まず一回は一枚半ぐらいがもっとも読みごろである。それで、そのなかにちょっとしたまとまりと、つぎの回にたいするほのめかしがなくてはならぬ。新聞のつづきものを書き馴れない若い小説家は、一つの小説は一つとしてまとまっていればいいと思って、第一回から一回一回それぞれ面白く読ませる工夫が足りないから、まことに困る。自分はそのつもりで新聞の小説を書いている」

＊門下生がダジャレをいうのを漱石はひどく嫌った。漱石自身もほとんどダジャレを口にはしなかった。が、門下生の中には、そんなに滅多にない漱石が発するダジャレの機会にうまく遭遇する幸福なものもいることはいた。

その一、例によって夕食に鳥なべがでたとき、ほどよく煮立ったものの、先生よりさきに手をつけるのを遠慮して、門下生たちが箸を構えて待っている。と、漱石がさきに一口食べて、こういった。

「君たちは、ナベ食わないのか?」

その二、外国の俳優ローシーと幸四郎共演の、帝劇での翻訳劇が話題になったとき、はたして幸四郎にそんなことがうまく出来るのだろうか、という話になった。すると漱石がまこと澄ましきった顔でいった。

「そりゃ、ローシーたらいいかといえば、こうしろうと教えるのさ」

さっそく歌舞伎通の小宮豊隆が応酬した。

「どうもそんなシャレをいわれては高麗蔵《こまぞう》ですな」

漱石はすまして鼻毛を抜いていた。

＊おしゃれの漱石は髪の毛のやわらかいのが自慢であった。油などをつけなくても、左右に分けた髪はぺたりと頭の肌につくので、「一度刈ると三カ月も四カ月も刈らなくてもいい。これを経済的な頭という」といって得意がった。そのくせちょいちょい床屋へ出かけた。さっぱりした髪に香油の匂いをぷんぷんさせて、漱石先生は門下生に自慢した。

「これでも西洋へ行くと毛が硬くて棕櫚箒《しゅろぼうき》のようだといわれたものだよ。君らの頭をみたら西洋人は針金が立っているとでもいうだろうな」

＊ほとんど怒ったことはなかったが、ときに眉宇《びう》の間がぴくと動いたと思ったら、かつて聞いたこともない険しい言葉が漱石の口から飛びだすこともあった。たとえば、

「生意気をいうな。貴様はだれのお蔭で、社会に顔出しができたと思ってるのかッ」

対象となった門下生はだれもが、呼吸ができなくなったように、真っ青になっ

て動けなかった。

そしてその人は、帰りに門を出てから、天を仰いで嗟嘆するのである。

「ああ、虎の尾を踏んじゃった。実はちょっとさわっただけだったのに」

＊五月になるとよくロシアのバルチック艦隊に完勝した日本海海戦のことが話題になった。漱石はほとんど黙って聞くばかりであったが、あるとき門下生のひとりがやたらに東郷平八郎元帥のことを褒めたてた。漱石先生は不意にびしりといった。

「東郷さんはそんなに偉《えら》いかね。僕だってあの位置におかれたら、あれだけの仕事は立派にやってのけるね。人間とはそういうものなのだ。英雄崇拝はいかんよ」

＊ある人が『美術論集』を書き、その序文を漱石に頼んできた。ところが、そのゲラ刷りを一読したのち、忙しいので読んでいないからといって、漱石は序文を書こうとはしなかった。門下生のひとりがくだんの書の著者に依頼されて、「何

とか書いてもらえないか」と都合を聞くと、漱石先生はさとすようにいった。

「芸術の批評は、ああいう紅灯緑酒《こうとうりょくしゅ》の間にできるものではない。あれは芸妓でも批評するつもりで書いたのであろう。自分にはああした本の序文などは書けぬ。批評は批評、遊ぶとこは遊ぶとこと、その立場が定まっていなくては迷惑だ。東洋では置酒豪遊《ちしゅごうゆう》の間に昔の人は多くのことを行ったようにも思うが、僕はどうもそれが出来ない男なのだ」

＊いろいろな読者からの手紙が次第に多くなった。なかに護国寺の僧のナニガシという人がいて、『草枕』の本をそのまま漱石のところに送ってきた。漱石先生が包みをあけてなかをみると、本のところどころにいろいろな評が書きこまれている。その評のなかにつぎの一行があった。
「君は死んだら、人間に生まれ変ることはできぬ。かならず猫に生まれ変るぞ、喝！」

漱石先生、これには思わずひっくり返った。

＊西園寺公望首相の文士招待をすげなく断ったときの話を、あるとき門下生が持ちだした。漱石はきわめて迷惑そうな顔をして、容易に口をひらこうとはしなかった。そして、門下生のひとりが「先生は権門富貴に近づくことをいさぎよしとしないんだ」といったとき、はじめて漱石は語りだした。

「相手が金持であるとか権力者であるとか、そういうことだけでそれに近づくのを回避するのは、まだこちらに邪心のある証拠である。ためにする気持が全然なければ、相手が金持であろうと貧乏人であろうと、相手の肩書がなんであろうと、少しも変りない。つき合いたければつき合う。会いたくなければ会わないまでだ。それを執着して悩んだり苦しんだりするのがいけないことなんだ」

＊漱石がいつになく積極的に語りだした。

「なんだね。ときどき、自分の古いものを読み返すとたいへん為になるものだね。このあいだ、何の気なしに読み返してみて、だいぶん、読んでみたが、いま読むと、自分のいいとこ悪いとこがはっきりわかるね」

「先生はどの作品が、いちばんいいとお思いになりましたか」と門下生の江口渙《かん》が聞いた。

「『坊っちゃん』なんか、いちばん気持よく読めたね。『吾輩は猫である』も悪くないよ」

「『草枕』はいかがでした」

「『草枕』かい。あれには辟易したね。第一、あの文章に……読んでいくうちに背中の真ん中が変になってきて、ものの五ページとは読めなかったね」

門下生たちは思わずどっと笑った。

「『虞美人草』はどうですか」

「ああ、あれはまだ読み返してみないが、あれもダメだろうな」

＊門下生にではなく、インタビューにきた新聞記者に、漱石先生は『坊っちゃん』について大いに語っている。
「あの小説はね、腹案はあったという次第でもありません。左様、書きだす三日ばかり前に不意に浮かんで、ずるずると書いてしまったんです。（このときハタと膝を打って）そうでした、ウンそうだ。スティーヴンソンの『新アラビア夜話』

です。これから思いついたんです。（この小説は）第一人称で書かれていて、英語もだいぶ変っている。これに見習うならベランメー言葉でなくちゃいけない。悪ものがいていろいろなこともしますがね。その調子ですね。調子を学んだといえばいえますね。

モデル？　ありません。松山にいっていたことはありますが、文学士は私ひとりでしたからね。文学士の赤シャツがどうのという人もありますが、それでは自分を書いたことになってしまう。もっとも、道具屋の二階を借りていたのと、温泉へ行ったことはあるんです。ローカルカラー――土地の景色はいたしかたない。これは写生でなければうまくいかないからね」

＊晩年の木曜会では、どうかすると漱石はまた、門下生のいる前で手枕をして、横になったまま、寝入ってしまうこともあった。門下生たちは必然的にだんだんに話し声を低くしていき、しばらくすると、眠っている漱石に一礼して、みんなそっと帰っていった。

晩年の漱石はひどく疲れていたようなのである。

第五話　漱石文学を楽しんで語る

［お断り］以下、『坊っちゃん』『草枕』『三四郎』そして『門』については、口語体の文章になっているが、いずれも頼まれて講演したのを活字にしたからである。時期や場所はすべて忘れてしまったし、かならずしも講演の全速記というわけではない。いわば概略にすぎないのであるが、いくらかは簡にして要を得ている点もあると思えるので、ここに載せることにした。

◇『坊っちゃん』の宿直

『坊っちゃん』という小説は、松山の中学校の先生時代に自分が松山で体験したことをいろいろと書いたもので、一種の青春小説であるとともに、非常にユーモラスに出来ているのでユーモア小説でもあると一般的には認知されています。現在でも愛媛県松山市は『坊っちゃん』を松山の表看板として観光資源にしています。ところがお読みになった方はわかると思いますが、漱石は小説の舞台を、四国のある海辺の城下町としていますが、松山とは書いていない。『坊っちゃん』という小説は、かならずしも松山のことを書いたわけではないのです。

『坊っちゃん』は、明治三十九年の三月中旬、恐らく三月十七日から二十四日までの一週間で書き上げられた小説です。このとき、漱石は三十九歳。若さの勢いもあって、わずか一週間で四〇〇字詰め原稿用紙で約二五〇枚の小説を一気に書き上げました。速さも速いですが、何かに憑かれたように、無我夢中になって書いたという感じがあります。

漱石はご存じのように『吾輩は猫である』で世の中に出た方です。『吾輩は猫である』は全十一章でまとまっていて、一章目を発表したのが明治三十七年十二月。そのころは大学の先生と小説家の二足のわらじをはくことになりました。普通の小説家のように小説だけを書いているわけではありませんので、そんなに一気には書けない。そこで一章、二章、三章と書き継いでいって、十章を書いたのが明治三十九年の三月十三日頃です。それからわずか四日後、急に思い立ったように『坊っちゃん』を一気に書き上げた。『吾輩は猫である』を書いた後で疲れも残っていたと思います。これが普通の小説家ならば『吾輩は猫である』はあと一章で完成しますので、余力があるなら続けて書いて完成させてから、新しい小説に取り掛かるのが普通です。しかし途中で突然違う作品を書いたのは一体どういうことだろう。これは何かあるに違いないと、歴史探偵としてのわたくしは大いに疑問に感じたのです。

それで丹念に調べてみました。そうしましたら、その年の二月、東京大学文学部英文科の入学試験がありました。このころの大学では教授が断然偉く、教授のほかはみんな講師という立場で、夏目金之助も講師でした。教授たちから成る教授会が、そこで東京大学文学部の入学試験の試験委員に夏目講師を選んだのです。すると、なんと、夏目講師は「俺は忙しいからお断りする」といって、教授会からの命令を突っぱねました。普通は大学の先生をそのまま続けるつもりならば、格下の講師が教授会のいうことを拒否するなんてことは、まずしないはずです。自分の出世の道を自分で閉ざすようなものですから、黙って承るのが当たり前です。しかし漱石は「教授会は面倒なことを全部講師に押し付けてくる。試験問題を作るのは教授会なんだから、試験問題を作った人間が採点するのが一番正確だ。試験場の監督や採点などの細かいことは自分たちは遊んでいて全部講師に押し付けるとはけしからん」と全部突っぱねました。

教授会は驚きました。東京大学始まっていらい、こんなことを言いだす奴なんか誰もいませんでした。それもそうですよね、将来は教授になりたいと思っていれば、そんなことをするはずはない。ところが夏目金之助はやった。それで大騒ぎになりました。中には「将来のことを考えればこの際は黙って引き受けたらいいんじゃないか」と忠告する人もいましたが、夏目講師は断乎としてＮＯを押し通した。これが明治三十九年二月の終り頃の話でした。

漱石は当時三十九歳ですから、相当覚悟を決めてこういうことをやったのだと思います。しかし、自分で自分の出世の道を断ち切ったようなものですから、思い惑うこともあっただろう。ですからそれから数日間は、しまったかなあと思ったり、あるいはいや、いいんだと思ったり、いろんなことを考えたと思います。そのうちに、漱石がある日突然「ウム、いろいろとうるさいことをいう東京大学の教授どものことを書いてやろう」と思ったに違いない。それには何がいいかと考えたら、「そうだ、俺の松山中学時代の体験を後ろに置いて、御大名風、御役人風、万事が形式的になっているこの東京大学、学問の世界がいかに馬鹿馬鹿しいものとなっているかということを書いてやろう」と思ったに違いない、というのが私の推理なのです。そして漱石がガゼン本気になって、一気に書き上げたのが『坊っちゃん』である、と思うのです。

この中に「赤シャツ」という人物が出てきます。赤いシャツを着て、金鎖の時計を提げて、赤い表紙の「帝国文学」という本を小脇に抱えて「ホホホホ」と笑うんですね。こういう人は四国の松山にはいませんな。が、東京大学には山ほどいます。私も東京大学を卒業しましたので、東京大学の先生を知らないわけじゃありません。そういう思いで『坊っちゃん』という小説を読むと、ハハーンと思い当るところがいっぱいある。間違いなく、漱石は本気になって東京大学を描いたんですよ。つまり上から威張りくさって権威だけがあるような顔をして、平然としている頭の悪い教授が山ほどいる。漱石が講師をしていた明治三十九年頃から、東大ではすでにそういうことが始まっていたことがわかるわけです。

夏目漱石の小説は、作品の後ろ側にその時代の悪癖、悪習、悪弊というものを置き、それに対して批評を加える。つまり文明批評を背景に置いて、漱石の小説は成立していることが多いんです。『吾輩は猫である』『坊っちゃん』『草枕』『虞美人草』『坑夫』『三四郎』『それから』『門』、ここまでの小説には、文明批評が必ずといっていいほどきちんと後ろにあります。

例えば『それから』は姦通事件、今でいう不倫を扱っています。なぜ姦通事件なのかというと、『それから』を書く前に新刑法に「姦通罪」がきびしく規定されたからです。漱石は常にそういう形で文明批評を小説の中に書いています。『三四郎』には競馬で与次郎が馬券を買う話がでてくる。これだって、日露戦争の戦訓として、日本の馬が小さすぎる、力が弱すぎる、何とか頑強な馬を育てねばならない、ということから、日本で競馬が開催されるようになりました。そのことを巧妙に背景において、与次郎が大損をする話を漱石はうまく使っているんですね。

では『坊っちゃん』の中にどういう文明批評が書かれているか。実は、かなりたくさんありますが、時間の関係もありますので、一つだけお話を申しあげます。『坊っちゃん』四章の中で中学校の宿直について扱っています。坊っちゃんが日曜日に宿直を命ぜられます。坊っちゃんは一人でボーっとしていても退屈で仕方ない。なので温泉に行って、いい気持になってぶらぶら学校へ帰ってくる。そうすると、狸校長と出くわしてしまうんですね。狸校長は坊っちゃんに「今日は宿直ではなかったですかねえ」と嫌味たっぷりにいいます。東大の先生にはこんなのがいっぱいいます。それからもう少し歩くと今度は山嵐と出くわすんです。山嵐が「おい君は宿直じゃないか。宿直が無暗に出てあるくなんて、不都合じゃないか」というので、坊っちゃんは面倒くさくなって、わかったわかった、とばかり急いで学校へ帰ってきて宿直をするわけです。

『坊っちゃん』の中で章の全部を使って大々的に取り上げられた宿直は、一体何のためにあったのだろうかということになります。こういうときに手っ取り早いのは、日本最古の小学校である松本市の開智学校に聞くんです。すぐに調べて返事をくれまして、明治二十七年五月七日に御真影《ごしんえい》をお守りするため、この日から宿直を設けることにした、ということなのです。

御真影というのは天皇皇后両陛下のお写真です。そうすると御真影は一体いつから始まったのか、と思ってまた調べましたら、明治二十三年くらいに日本全国の小・中・高等学校に配られたことがわかりました。また文部省に行って昔の書類を見ていましたら、明治二十四年の十一月に、文部省が訓令第四号というものを全国の学校に発していました。これは「教育勅語の謄本《とうほん》と天皇皇后両陛下の御真影をお守りするために、学校内にどこか一定の場所を選んで、最も大事に奉り置くように」という文部省の指令です。宿直設置よりまだ早い時期のことですね。明治二十四年のときは大事にお守りしろよといっただけです。それから数年後に、宿直を設けてこれを守ることが決まったということがわかります。

さらに調べたら、明治二十九年十二月に埼玉県が全学校に通知を出していました。御真影と教育勅語を守るため宿直員を置くように指令した、という内容です。明治二十七年に開智学校がいち早く宿直を始めましたが、明治二十九年ごろには全国の学校も宿直を始めて、何かあったときには御真影と教育勅語を一番始めに大事にしてお守りしなさい、と通達したことがわかります。

漱石が松山中学にいたのは明治二十八年から二十九年までです。ちょうど日本中の学校では、御真影と教育勅語をお守りするために宿直制度が始まったころに当ります。多分、漱石はそれを自分でも松山中学校で実体験した。ただし漱石は東京大学の出身で、東大、官学出の人たちはその時代の特権階級であったため、本人は宿直しなくて済んだようなのです。宿直はしなくて済んだようですが、でもそのためにほかの教員がわざわざ交代に学校に寝泊りする、その馬鹿馬鹿しさを漱石先生はわかっていたのだと思います。

しかも、この宿直制度が時として悲劇を引き起こすことがありました。火事などで学校に危険が及《およ》んだとき、宿直の先生が身を挺《てい》して御真影と教育勅語の謄本を救いださなければならないために、いろんな事件が起きました。事件の一つに、明治三十一年三月、長野県上田の学校で起きた火事があります。火事が起きて、校長の久米由太郎《よしたろう》先生が飛んでくる。そして火の中に飛び込もうとする。ところが周りから駄目だ、無理だと止められる。結果的には校舎は焼け落ちてしまった。御真影も教育勅語の謄本もともに灰になったと思い、久米由太郎先生は責任を負って自決をした。それが新聞に「校長、責任を負って見事な死」とかいう見出しで出たんですね。久米校長の息子の久米正雄さんという小説家が『父の死』という作品でこの事件のことを書いて、のちに世に出ました。

実はこのとき、校舎は燃えたものの、宿直の先生が御真影と教育勅語をうまく持ちだして助かっていたんです。しかしそのことが校長先生の耳には入らずに、焼けたものと思って責任を感じて死んでしまいました。そういう事件が日本中の至るところで起きました。死ぬには至らなくても、校長先生がそのために左遷されたり、あるいは宿直の先生が厳罰を被るというようなことが全国でしばしば起きた。明治三十一年、このころ漱石は熊本の五高の先生をしていました。日本中の方々の学校で起きている事件ですから、漱石はそれをじっと見ていたということがわかります。たかが紙一枚である。教育勅語だって謄本、印刷物じゃないか。そのために責任を取って自決し、人の命が犠牲にならなければならないということは、不条理もいいところである。そのようなことを、国家というものは、少なくともこのわが日本国は要求していないはずだ、いや、してはならないことだ、と漱石は思ったんでしょうね。

そこで事件を小説『坊っちゃん』にそのまま使ったのでは具合が悪いと思い、漱石一流のユーモラスな、愉快な話にしまして、バッタ騒動ということを起こす。バッタがどうのこうのという話で学校中が大騒ぎになる。それで狸校長があたふたとイの一番に飛んでくるんです。そして、無事だったか、無事だったかと訊《き》いたと思います。何が無事だったかというと、御真影とあれとこれは無事だったかということなんです。別に先生方が無事だったかということじゃないんですね。つまりそういう形で漱石は、だんだんにきびしくなってくる国家統制ということにたいして、文明批評という形で『坊っちゃん』の中にうまく持ち込んでいるのです。

どうでしょうか。こんな風に『坊っちゃん』を読んだ人はいままでいないと思います。あれは旧態依然とし、ますます権威主義となっていきつつある東京大学を書いたものだとか、だんだんに天皇をあがめ奉って、国家が統制的になり、人権がおろそかになりつつある明治日本を批判しているのだとか、そんなことをいう人はあまりいません。ユーモラスな青春小説ということになっている。

でも、小説はどう読もうと読む人の勝手です。楽しく読むことの自由が許されている。そうした人間の自由が許されている世を望んでいた漱石先生は、きっと天国で大喜びしながら、わたくしの講演を聞いているにちがいない、と信じて、長々とした話を終りにします。

『草枕』の那美さん

『草枕』はわたくしの大好きな小説です。気が清々してきて、何度も読んで楽しんでいます。が、今日はその楽しさについて語るのではなく、少しむつかしい話をしようと考えています。

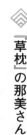

『草枕』は日露戦争が終結した翌年の明治三十九（一九〇六）年に書かれた小説です。この明治三十九年というと、この頃たくさんの留学生を中国は日本に送り出していて、亡命者も含めてその数八千人を数えたといいます。戦勝国の日本という国を手本にしてわれわれも新国家の建設、つまり革命を本気で成そう、清朝を倒して、新しい中国をつくろう、とその人たちは意気に燃えていたのです。日露戦争の真っ最中に日本に来た孫文をはじめ、章炳麟《しょうへいりん》、黄興《こうこう》、陳天華《ちんてんか》、秋瑾《しゅうきん》女史、それから汪兆銘《おうちょうめい》と、のちの辛亥革命の担い手が全部日本にいたんです。彼らが大同団結して、孫文を総理とする中国革命同盟会というものを作りました。これは明治三十八年八月、ポーツマスでの日露両国の講和会議の始まったころ。

日本語の新聞、雑誌、教科書、講義録、一般の本などによって、留学生たちは世界の最新情報や近代以降の歴史や思潮を吸収していきました。彼らはものすごく勉強した。また、日本人はずいぶん中国の革命同志たちの面倒を見、力づけたり手伝ったりしていたんです。なかでも、宮崎滔天《とうてん》という人がすごかった。孫文と黄興を引き合わせたのも滔天であり、彼の新宿の家はいつも中国革命の同志たちが集まってワイワイやっている、活動の中心地でした。

さて、そこでまことに突然ですが、ここに『草枕』がでてくるのです。びっくりされることでしょうが、実はその宮崎滔天の奥さんの姉さん、つまり義理の姉が前田卓子《つなこ》という人なのです。熊本の前田温泉の主人の前田案山子《かがし》の二女。この前田温泉の別邸であった小天《おあま》温泉が、要するに『草枕』の舞台で、この小説にでてくる魅力的なヒロイン那美さんのモデルこそが、卓子さんであったというわけです。漱石が熊本にいた時代は卓子さんも熊本にいて、別邸の小天温泉で遊びにきた漱石と接触がたしかにありました。

ところが、それから七、八年もたって、漱石も前田温泉のことなど忘れていたかと思います。そこに風の便りで卓子さんの近況が突然に伝わってきます。それがまた、なんと、宮崎滔天の新宿の家で黄興さんとか孫文さんたち革命の同志の世話をして「革命おばさん」と呼ばれ、女性とは思えないほどの大活躍をしている、ということでした。漱石は、それで熊本の小天の温泉宿ではじめて卓子さんと会ったときのことを思い出したんでしょう。あの活潑《かっぱつ》な、男勝りのキリリッとしたあの女《ひと》が……ということでびっくりするとともに、「そうだ、あのときの面白い体験を書いてやるか」と思った。それが『草枕』である、とわたくしは勝手にそうきめているのです。

さて、ここから先が、わたくしの大変残念に思うところなんです。『草枕』から離れてしまって、この革命運動のお粗末をどうしても一席したくなるのです。こういうふうに日本の一部の人々が一所懸命にやっているときに、日本政府が中国人排斥にかかります。留学生を取り締まる法令「清国人ヲ入学セシムル公私立学校ニ関スル規程」を突如として強め、規程撤廃を要求してストライキを起こした留学生を日本政府は弾圧します。「革命おばさん」も当局に睨まれて大そう苦労した。が、明治四十二（一九〇九）年くらいから本格的に中国人追い出しを強め、留学生を一人たりとも受け付けなくなってしまったんですよ。で、清国へ戻った彼らは遂に立ち上がって、辛亥革命を起こしたのが明治四十四年の十月。

孫文さんが臨時大総統となって中華民国政府ができたときには、日本に感謝する気持は、あるいはなくなっていたかもしれません。日露戦争のころに世話になったことを思い出して、もう少し感謝してもいいんじゃないかなと……（笑）、そうはいかなかったんですねえ。あのとき、日本政府も本気で中国の人たちを助けていたら、その後の日中関係は大きく変っていたはずなんですがね……。

というわけで、「革命おばさん」の話ではなく、『草枕』の那美さんの話に戻ります。ともかく『草枕』という小説は大変な傑作と思うのですが、難解な言葉があまりに数多く出てきます。これは漱石先生の基礎になった学問が漢学であったためです。しかし、内容自体はそれほど難しいものではなく、漱石自身も小説中で語っているようにどこから読んでもよく、適当に開いたところを声を出して読んでみると、大変良い気持がしてくる作品です。

したがって、いろんな読み方が出来るのですが、今日はこういった読み方も出来ますよ、ということで二つだけ、ヒロイン那美さんに関連してお話ししようと思います。

あらためていうまでもなく、那美さんは素敵な女性ですね。気品があって近代的で。そこで、ご存じのように、主人公の画工はその那美さんを、『ハムレット』のオフェリアに重ね合わせ、しきりに水死して浮かぶ姿をイメージしたりするわけです。これは何から思いついたのでしょうか。それなりに理由があるはずです。探偵としては黙ってはいられない問題ということになります。

漱石が『草枕』を書いた当時、一人の大流行作家がいました。尾崎紅葉です。しかし漱石は紅葉の代表作である『金色夜叉』を、ある手紙のなかで、「三十年もすれば忘れ去られる作品であろう」と書いたりして、かなり否定的に思っていたようです。貫一・お宮で有名な『金色夜叉』ですが、実は貫一がお宮の水死する夢をみる個所がこの小説にもあるのです。ものすごい美文であっけにとられます。当然、漱石はそれを意識したに違いありません。

ちょっとだけ読んでみます。

「咄嗟《とつさ》の遅《おそき》を天に叫び、地に号《わめ》き、流に悶《もだ》え、巌に狂える貫一は、血走る眼《まなこ》に水を射て、此処や彼処《かしこ》と恋しき水屑《みくず》をもとむれば、正《まさ》しく浮木芥《うきぎあくた》の類とも見えざる物の、十間計り《じっけんばか》彼方を揉みに揉んで、波間隠《がくれ》に推《おし》流さるるは、人ならず哉《や》、宮なるかと瞳を定むる折しもあれ、水勢其処《そこ》に一段急なり、在りける影は弦《つる》を放れし箭飛《やとび》を作《な》して、行方も知らずと胸潰《つぶ》るれば、忽《たちま》ち遠く浮き出でたり」

調子をつけて読んでみましたが、これじゃ何のことか、聞くだけではさっぱりわかりませんね。

もう一つ、当時名文と謳《うた》われて人気があったのが、坪内逍遙が翻訳したシェークスピア作品でした。その中の『ハムレット』にも、ヒロインのオフェリアが水死する場面があります。こっちは省略しますが、これまたケバケバしい美文でして。この二人の作品を漱石は意識していたに違いありません。「よし、俺の小説では、もっとスマートに、誰でもわかるような文章でかいてやろうじゃないか」という漱石の心意気と、二人を持ち上げる世間に対するちょっとしたシニシズムが感じられます。こういう読み方をしますと、この『草枕』という小説には、あちこちに世間に対する批評や冷やかしが込められているのです。

次に『草枕』の中で最も気になる場面は、何といっても、那美さんが浴場に裸になって登場するところでしょう。漱石がヌードを描いたのは後にも先にもこの作品だけです。恋愛場面においても非常に抑制された表現を使う漱石にしては余程のことです。例えば『それから』の中の代助と三千代の関係にしても、直接的には描かず、雨と百合の花の香りに托して二人の恋愛シーンのクライマックスを象徴的に描いています。

その漱石が、なぜ『草枕』では裸婦を描くという大胆な手法に出たのでしょうか。後の前田卓子さんの回想録によれば、確かに小天温泉で似たような事実があったようです。しかし漱石が何の理由もなくヌードシーンを長々と挿入したとは思えません。やはり、ここにもそれなりの背景があるのです。

明治二十年代から三十年代にかけて、あらゆる西洋文明がとうとうと流れ込んできます。美術の分野においてはフランスから裸体画の大ブームが押し寄せ、当時の芸術家や文化人と称する人たちが驚嘆し、絶賛します。そして画家たちは競って裸体画を描くようになったのです。日本の洋画界のリーダーとして活躍していた黒田清輝が有名な「朝粧」と題された裸体画を描いたのもこのころです。

明治三十年前後という時期は日本が日清戦争に勝ち、三国干渉にさらされながらも、次なる目標の帝政ロシアに向けて富国強兵に努めはじめ、「臥薪嘗胆《がしんしょうたん》」という言葉が流行《はや》り、世の中は西洋文明を無条件に受け入れ、それをこぞって模倣していました。漱石は留学先のロンドンではもちろんのこと、本場のパリでも裸体画を数多く観ています。その上で、日本の裸体画ブームは、しょせん西洋の物真似に過ぎないと漱石は看破したのです。さっぱり美しくない。本当に日本の画家たちは裸体画を美しいと思って描いているのだろうか。そういう批判的な思いを綴っている個所が『草枕』の中に出てきます。

〈衣を奪いたる姿を、そのままに写すだけにては、物足らぬと見えて、あくまでも裸体を、衣冠の世に押し出そうとする。服をつけたるが、人間の常態なるを忘れて、赤裸に凡ての権能を附与せんと試みる。十分で事足るべきを、十二分にも、十五分にも、どこまでも進んで、ひたすらに、裸体であるぞという感じを強く描出しようとする。……〉

と、漱石は不快感を表し、当時の芸術家たちに反旗を掲げているのです。その上、反旗を掲げるだけでなく、「よし、俺が一度、文章をもってして、ヌードを美しく描いてやろうじゃないか」と思ったに違いありません。そういう意気込みでもって、漱石は、あの浴場に那美さんが入ってくるシーンを書いているのです。

〈頸筋《くびすじ》を軽《かろ》く内輪に、双方から責めて、苦もなく肩の方へなだれ落ちた線が、豊かに、丸く折れて、流るる末は五本の指と分れるのであろう。ふっくらと浮く二つの乳の下には、しばし引く波が、また滑らかに盛り返して下腹の張りを安らかに見せる。張る勢を後ろへ抜いて勢の尽くるあたりから、分れた肉が平衡を保つために少しく前に傾く。逆に受くる膝頭のこのたびは、立て直して、長きうねりの踵につく頃、平たき足が、凡ての葛藤を、二枚の蹠《あしのうら》に安々と始末する。世の中にこれほど錯雑とした配合はない。これほど統一のある配合もない。これほど自然で、柔らかで、これほど抵抗の少い、これほど苦にならぬ輪廓は決して見出せぬ〉

これは一部分ですが、皆さんぜひその場面の全文を読んでみてください。熟読玩味してみてください。ほのかにぼんやりと東洋的なぼかしが入りながらも、美しさがはっきりと目に浮かんでくるような素晴らしさです。

『草枕』の那美さんと題しながら、漱石先生の真似をしてわたくしもまた文明批評的な話に終始してしまいました。ま、お許しください。『草枕』の面白さ楽しさについては、ほかのところで山ほどわたくしは書いているのです。それで今日はちょっと別の観点から、と気どってみたわけです。

『三四郎』の「亡びるね」

明治四十一年九月一日から朝日新聞に連載されたこの小説について、いまは亡き司馬遼太郎さんは「何んたって漱石の作品では『三四郎』がいちばんだよ」と、わたくしに語ったことがあります。「近代化を急いだ明治日本の姿が実によくわかる」といい、

「つまり、三四郎は孫悟空である、と思えばいいかもしれません。東京という天竺《てんじく》にゆく途中で、いろいろな化け物が出てくる。それに出会う。京都という化け物は、奇妙な女となって『あなたはよっぽど度胸のない方ですね』と言って出てきた。〝日本は亡びるね〟なんて言う広田先生も化け物の一人ですね。そうして最後にたどりついた天竺には美禰子《みねこ》という大化け物がいました。若い三四郎というのは、すなわち近代化の波に洗われている若い明治日本なんですな」

とも説明してくれたものでした。小説は読む人によって、どう楽しんで読むか、それはその人の勝手です。どんな読み方をしたっていい。わたくしはかなり司馬さんの『三四郎』論に感服しました。

司馬さんの巧みな解説をまつまでもなく、この小説はまさしく西洋文明をドシドシと取り込んで躍進し変貌する東京を主題にしています。日露戦争後の、アジアの強国として興隆しつつある日本、とくに本郷界隈を中心にした東京という近代都市の「追いつけ追い越せ」で文明化して激変していく様相を、漱石先生は丹念に描いているのです。そして何よりも変ったのは日本人そのもの。新聞連載を始めるに当たって、漱石は予告用の文章をこう書いています。

「田舎の高等学校を卒業して東京の大学に這入った三四郎が新しい空気に触れる。そうして同輩だの先輩だの若い女だのに接触して、色々に動いてくる。……」

その言葉どおりに、全篇いかにもなごやかで、熊本の高等学校を出て東大に新入学した主人公がさまざまな人物に会い、いろいろな出来事に遭遇して、さまざまな目に遭って動いて変っていくわけです。その経験が微笑ましくふっくらと丁寧に描かれている。そうして主人公が同い年の女性に恋愛を感じ、女性のほうでも悪戯《いたずら》気と真実気とが半々で、どっちつかずの愛を感じ、不即不離の態度で主人公をじらすことになります。つまり恋愛が恋愛としてさだかに成立しない、一種模糊《もこ》たるほのぼのとした状態を描出して見事な成功を収めている、といっていいでしょう。こんな恋愛小説はほかにはない。つまり『三四郎』という小説は、作家としての漱石先生の名人芸が見事なくらいに示されている傑作といえると思うのです。

『三四郎』の読みどころは、いずくにありや。たとえば最後に近い十二章の、ヒロインの美禰子を教会にたずねていって、別れを告げようと三四郎が外で待っている場面があります。そこは記憶に残る名文であります。

〈やがて唱歌の声が聞えた。讃美歌というものだろうと考えた。締切った高い窓のうちの出来事である。音量から察すると余程の人数らしい。美禰子の声もそのうちにある。三四郎は耳を傾けた。歌は歇《や》んだ。風が吹く。三四郎は外套の襟を立てた。空に美禰子の好きな雲が出た。

かつて美禰子と一所に秋の空を見た事もあった。所は広田先生の二階であった。田端の小川の縁に坐った事もあった。その時も一人ではなかった。迷羊《ストレイシープ》。迷羊《ストレイシープ》。雲が羊の形をしている〉

おそらくは、この小説を読み終えたとき、ふと気づくと「ストレイシープ」とくり返して口ずさんでいる自分を、あなたはきっと発見するのではないでしょうか。それほどこの言葉は印象深く、かつ暗示的に使われています。小説の主人公のみならず、読んでいる自分までが「迷える羊」になったような気にもなることと思います。

もう一つ、横文字では第四章に記憶に残るであろう言葉があります。広田先生のところに、三四郎と与次郎と美禰子とが集まったとき、

Pity's akin to love

これをどう訳すかが話題となる。三四郎は「日本にもありそうな句ですな」といい、ほかのものも同意するけれど、だれも思い出せないでいます。そのまま訳せば「あわれに思うは愛することに近し」というところでしょう。これを漱石先生は与次郎をしてあざやかな訳をつけさせるのです。

「可哀想だた惚れたって事よ」

東京弁の歯切れのよさもあって「お見事！」というほかはない。名訳ですね。そう思いませんか。

さらにいいますと、注意して読んでほしいことがあります。この小説は原則と

して三四郎の「視点」によって描かれています。そこに登場する三四郎の先輩にして、物理学者の野々宮宗八は、三四郎にとっては、いってしまえば、美禰子をめぐっての恋のライバル（？）なんです。この野々宮が作中ではどう扱われているか、についてです。探偵的な眼をもって注意して読むと、面白いことに気が付かれるのではないか。タネを明かしてしまうと、野々宮宗八どの、野々宮宗八さん、野々宮さん、野々宮君、そして野々宮と呼び捨てる、とそのときどきで違うように漱石は書いているのです。いちばん多いのは野々宮さんで、つぎに野々宮君。いずれにせよ三四郎の先輩なのですから、これは当然のことでしょう。で、注目すべきは野々宮と呼び捨てにするとき、ということになります。

漱石先生は、先輩にたいして君づけと呼び捨て、これを巧みに区別して使っているような気がわたくしにはしてならないのです。といっても、これは思いつきに近く、あまり確信のない話なんですが……。そこで、是非とも注意して読んでほしいと念願するわけなんです。たとえば、その一例――、

〈野々宮さんが庭から出て行った。その影が折戸の外へ隠れると、美禰子は急に思い出した様に『そうそう』と云いながら、庭先に脱いであった下駄を穿《は》いて、

野々宮の後を追掛けた。表で何か話している。

三四郎は黙って坐っていた〉（四章）

美禰子が後を追いかける。三四郎は彼女を止めたいと思うものの止めようがない。表で野々宮と美禰子とが何か話をしている。実は二人は本当は恋人同士なのかもしれない。内容はわからないが、聞いているのは三四郎である。しかし、部屋で坐ったまま三四郎にはどうしようにも術《すべ》がない。漱石先生は書いていないけれども、三四郎の心持はおだやかではないはずです。ですから、最初のさん付けが野々宮と呼び捨てになっているんじゃないでしょうか。

もう一例――、

〈先生の家は門を這入ると、左り手がすぐ庭で、（中略）三四郎は要目垣《かなめがき》の間に見える桟《さん》を外そうとして、ふと、庭のなかの話し声を耳にした。話しは野々宮と美禰子の間に起りつつある。

『そんな事をすれば、地面の上へ落ちて死ぬばかりだ』これは男の声である。

『死んでも、その方が可いと思います』これは女の答である。（中略）三四郎は此々《ここ》で木戸を開けた。庭の真中に立っていた会話の主は二人とも此方《こっち》を見た。

野々宮はただ『やあ』と平凡に云って、頭を首肯《うなず》かせただけである〉（五章）

野々宮と呼び捨てにしている場面の全部が全部そうとばかりはいえないかもしれませんが、漱石は、美禰子をめぐって野々宮宗八が三四郎の胸のうちをかき乱すとき、かならず「さん」や「君」を取り払っている。この点はたしかで、三四郎の嫉《や》ける心の動きをそこに示すかのように漱石先生は工夫しているようなのであります。これが正しい説であるかどうか、是非とも確かめてください。小説を読む楽しみはそんなところにあると思います。

ついでにいえば、ヒロイン美禰子は「さん」などの敬称はつけられておらずに、つねに「美禰子」と呼び捨てです。そしてときには「女」と名前さえ呼ばれないときがあります。それがどんな場合にか注意して読んでみてください。すばらしい発見があるかもしれません。

さて、この小説の最高にすごいところを、終りにふれておきます。もう有名すぎますが、やっぱり落とすわけにはいきません。つまりは漱石先生の最高の文明論といってもいいところです。

それは『三四郎』の第一章の有名な予言ということなんです。

〈『あなたは東京が始めてなら、まだ富士山を見た事がないでしょう。今に見えるからご覧なさい。あれが日本一の名物だ。あれより外に自慢するものは何もない。ところがその富士山は天然自然に昔からあったものなんだから仕方がない。我々が拵《こしら》えたものじゃない』と云って又にやにや笑っている。三四郎は日露戦争以後こんな人間に出逢うとは思いも寄らなかった。どうも日本人じゃない様な気がする。
『然しこれからは日本も段々発展するでしょう』と弁護した。すると、かの男は、すましたもので、
『亡びるね』と云った〉
まさに漱石先生の予言どおりに、大日本帝国は三十七年後に亡びてしまいました。ここだけではありません。『三四郎』のここかしこにそういう漱石の、西洋文明のもの真似だけをする日本帝国、独自の文化を生み育てることを忘れてしまっている日本、悪くなりゆく日本人への思いが込められています。日露戦争後の夜郎自大となり、うぬぼれのぼせて、一等国になったことで有頂天となっている日本人への、漱石の批判をしっかりと読みとってほしいと思うのです。

ほんとうに、いまになると想像もできないほど、日本人はいい気になって浮かれきっていたのです。お祭り騒ぎになっていたのです。そんなときではない、と漱石は叱っているのです。そこをしっかりと読まなければいけないんですよ。

いぜんとして富国強兵が強調され、国家の主導によって工業化が急速に図られて、起業熱と投機熱とで社会はむれ返っていました。きびしい能率主義と合理化が要求され、急激に人心はいやらしく世知がらくなっていきました。国家を支配しているのは金力と権力でありました。漱石はいまや作家として、そうした呻吟《しんぎん》しつつ俗悪化していく社会を、そして日本人の、とくに若い人々の精神状態をしっかりと見すえ、そして心から憂えていたのです。その警鐘ともいうべき作品がこの『三四郎』や『それから』という小説であったと思うのです。

いまの日本もそんな国になっているのかもしれませんね。

『門』はサスペンス小説？

短い時間での話ということになると、どうしても種明かし的な内容になってしまいます。これから『門』を読もうと思っている方は、実を申せば、これから先は聞かないほうがよろしい。となると、何のために来られたのかわからないことになりますね（笑）。とにかくこの小説の微妙なところを巧みにすり抜けて、解説をするのはまことにむつかしい。簡単にいってしまえば、『門』は一種のサスペンス小説として読むことができる。ですから、結論がさきにわかっては、小説の面白さがどこかへ飛んでいってしまいます。

『三四郎』『それから』『門』とつづく三篇を、三部作と呼ぶことが常識となっているようです。つまり連関している三作というわけです。漱石自身も〈いろいろな意味においてそれからである。『三四郎』には大学生の夢を描いたが、この小説にはそれから先のことを書いたからそれからである。『三四郎』の主人公はあの通り単純であるが、この主人公はそれから後の男であるからこの点においてもそれからである。この主人公は最後に、妙な運命に陥る。それからさき何《ど》うなるかは書いていない。この意味においてもまた、それからである〉と『それから』連載前の新聞予告で、『三四郎』と関係づけて書いているんですから。

この『それから』という小説の主人公が陥った「妙な運命」とは――かつて自分が愛した女性を、義俠《ぎきょう》的に親友に世話して結婚させておきながら、その義俠心なるものが実は偽善であったことを後に思い知る。揚げ句に、不可抗力に負けて当の女性に恋を打ち明け、親友の家庭を破壊する。結果として、父母兄弟からも、親友からも、すなわち社会からおっぽり出されなければならなくなる。それが奇妙な運命というわけなんですが、小説は、人間社会の峻厳《しゅんげん》な鞭《むち》をさえ恐れないこの恋の行方がどうなるか、それこそ「それから」どうなるかをうっすら暗示しつつ、幕切れとなってしまうのです。まったくいろいろな意味でそれからというわけなんです。

さて、この『それから』のあとに、『門』が書かれたわけなんですが、そこは漱石先生です。はじめから『それから』の続篇といったような、手の内を明かすような愚かなことはしていません。が、先へ先へとすすむにつれて、ジリジリと何事か異常なものが主人公である夫婦の生活を脅かしてくる。わたくしがあえてサスペンス小説という所以がそこにあるわけなんですが……。

そのジリジリ感を注意して読んでもらえると、この小説の味わいがぐーんと増してくるに違いありません。

この物語は明治四十二年の晩秋のある日曜日からはじまり、翌年早春のある日曜日までの半年に満たない短い時間のなかでストーリーが展開されます。主人公は宗助と御米の夫婦です。小説の出だしの、ふたりののんびりとした会話は、ごく平凡な、そのへんにいるような仲むつまじい夫婦という感じです。実はそうではない。住んでいるのが、茶の間には日が当っても、座敷には朝日も影を落とさない崖下の借家。陰気で、ひっそりとして、雨が降ると雨漏りがする。それは明るい未来のひらけていないこの夫婦の人生を象徴するような感覚的な表現として、漱石先生は巧みに描いているのです。

どうして宗助と御米は日陰の、いかにもじめじめとし、行き着くところに行き着いたどんづまりのような生き方をつづけていなければならないのか。そこに、この小説の主要なテーマがあるわけなんですが、「彼らは自業自得で、彼らの未来を塗抹《とまつ》した」その理由の提示は、ずいぶんと後の方へ引き延ばされている。このへんが漱石先生の小説づくりの名手たる所以があり、それまでは静かな、幸福そうな市井の庶民的な生活がゆったりと語られています。

　理由は十三章になって突然に明かされます。それはもう前作の『それから』を受けたもの、というほかはない過ぎし日の出来事なんです。宗助が、親友の安井の妻であった御米と不倫の恋をして、ついにこれを奪い、安井を破滅させた、という道ならぬ恋を遂げた二人の過去が語られるのです。こうしゃべってしまうと、種明かしをしてしまったようで恐縮なのですが。

　とにかく、そのために親兄弟と絶縁し、社会を捨て、いや、それらのすべてから捨てられ、街の片隅に辛うじて呼吸する運命に、二人は置かれなければならなかった、そのことが語られるわけです。二人の人生は崖の下の家の陰鬱《いんうつ》さそのものなのです。宗助は安井とは生涯会わないように、ひっそりと生きてきた。しかし、それは現実的には許されないことであったのです。満州に落ちのびていた安井が日本に帰って来て、宗助を訪ねてくるかもしれないという。一度犯した罪は果てしなく人を追いかけてくる。くわしくは書きませんが、息苦しいような物語の展開となります。

宗助は不安と苦悩から逃れ、「心の実質」を追求すべく、座禅のなかに救いを求めるのです。

しかし、宗教によって「心の実質」を太くするという目論見は、まったく空しいこととなります。ただ、その鎌倉の寺にこもっている間に、事情は変化していく。現れると思っていた安井は、姿を見せることなく、ふたたび満州に去っていく。危機はいちおう回避されます。小説の結末は、表面的には穏やかな均衡が戻ってきた、という形になります。が、危機は間違いなく回避されたのであって、完全に解決されたわけではありません。おそらくまた危機は確実にめぐってくることでしょう。宗助の心は暗澹《あんたん》としたままです。

そんな主人公の心の葛藤はもちろんのこと、安井のことなど何事も知らされていない御米は、厳しい冬が去り、単純に春のめぐり来たったのを喜ぶのです。

〈御米は障子の硝子《ガラス》に映るうららかな日影を透かし見て、『本当にありがたいわね。漸《ようや》くのこと春になって』といって、晴れ晴れしい眉を張った。宗助は縁に出て長く延びた爪を剪《き》りながら、『うん、しかしまたじきに冬になるよ』と答えて、下を向いたまま鋏《はさみ》を動かしていた〉

冒頭の穏やかな場面と照応するように、こうして小説はゆったりと幕を閉じます。平穏な日常がまた戻ってきて、そのままにつづきそうですが、「また冬になる」という宗助の言葉の裏側は、それがつづかないことを暗示しています。見えない罪の根源はじっと人生の底のところに潜んでいることを意味しています。われらの行為はわれらを追う、という厳しい現実が眼前に現れてくる。この過去からは逃れられない事実は、小説ではなく、現実の私たちの人生においてもついてまわることなのです。

『門』はそうした底知れない人生の怖さを内に秘めたまま、静かに終わることになります。

どうもいけませんね。こうしゃべってしまうと、もう『門』を読んだ気になってしまった方もでるかもしれません。漱石先生に申し訳ない。やっぱり、しっかりと一行一行読んでほしいと思います。リアリスティックな、わたくしたちの日常がそのままに描かれているいい小説なのですから。

それで一つだけ、わたくしがこの小説の大そう気に入っていることを、ちょっとお話しすることにします。

この小説には、漱石先生の若い日の参禅《さんぜん》の体験が折り込まれています。しかもかなりくわしく書き込まれています。そこにこの小説の面白さの一つがあるように思います。

漱石先生には若いころに、神経衰弱というか、精神不安定で常人らしからぬ目茶苦茶な生活を送った時期がありました。心の落ちつきを求めて東京を離れ、方々に旅行した。正岡子規への手紙で「ぼくの漂泊はこの三四年以来、にえたった脳の粘液を冷して、わずかの勉強心をふるいおこすためにのみしているのだ」と書く。揚げ句には鎌倉の円覚寺の塔頭《たっちゅう》帰源院で禅の修行をすることになります。しかし参禅二週間足らずでは、なんの悟りもえられませんでした。とてもとても無我の境には入れなかったということなのでしょう。

漱石先生という人は、どちらかというと孔子や孟子などよりも、老子や荘子のほうが好きであったようであります。『門』五章にこんなことが書かれています。珍しく書斎に閉じこもった宗助を気遣って、御米が襖《ふすま》を開けてのぞきこむ。と、宗助が言う。「今夜は久しぶりに論語を読んだ」。これに御米が「論語に何かあって」と聞き返したら、宗助が「いや何にもない」と答える。そして、「おい、己の歯はやっぱり年の所為だとさ。ぐらぐらするのは到底癒らないそうだ」と宗助はまことに孔子にたいしてそっけない。というより、漱石先生は歯槽膿漏《しそうのうろう》ぐらいにしか孔子には関心がなかったようなのです。

さて、参禅した宗助は「父母未生以前本来の面目は何か」という公案を老師から与えられます。苦しんで考えに考えましたが、答えは見つかりません。見つからないままに、老師の前に出ます。その場面を漱石はこう書いています。

〈この面前に気力なく坐った宗助の、口にした言葉はただ一句で尽きた。

『もっと、ぎろりとした所を持って来なければ駄目だ』とたちまち云われた。

『その位な事は少し学問をしたものなら誰でも云える』

宗助は喪家《そうか》の犬の如く室中を退いた。後《うしろ》に鈴《れい》を振る音が烈しく響いた〉

ここに登場している喪家の犬とは、司馬遷の『史記』の孔子世家に出てくる言葉なんです。

「累々として喪家の狗《いぬ》」と司馬遷は孔子のことを形容しているのです。累々とは志を得ざること。喪家の犬とは宿なしの飢えた犬。転じて、さまよい歩いて心身ともに疲れ切ったさまをいうんです。漱石先生は、孔子の教えたる儒学には「何にもない」と冷淡であったが、志を得ずして敗残・流浪の旅をつづける時代の孔子には、かなり親近感をもっていたようなのです。

禅と漱石ということでいえば、すでに何度も書いたりしゃべったりしましたが、「愚に徹する」という生き方を漱石は非常に大事にした人でした。すなわち、小利口に巧みに人にとりいって世渡りすることを嫌いぬいたのです。愚とは、無欲で、あけっぱなしで、空っぽなこと。世渡りの下手なことを自覚しながら、それをよしとして敢えて節を曲げない愚直な生き方、それを漱石は理想としたのです。『門』に出てくる宗助も御米も、そんな愚直な生き方しかできなかった者なんだ、といえましょうか。

菫《すみれ》程な小さき人に生れたし

漱石の俳句です。優しい心の句です。『門』という小説は、そんなつつましやかな精神だけが描くことのできる世界なのかもしれません。

そんなこんなの、いろいろな面白い話を『門』一篇から拾えるのですが、時間がなくなりました。残念ながら、余談はほんの一話だけ、ということにします。

『こころ』と死生観

実を申しますと、わたくしは『こころ』はあまり好きな作品ではないのですが、それはともかくとして、一席ぶつわけで、本当は少々困っているのです。

この小説の主人公の「先生」が、語り手である「私」にこんなことをいいます。

〈私は淋しい人間ですが、ことによると貴方も淋しい人間じゃないですか〉

これを読ませる、いや、聞かせる、いや、泣かせる科白《せりふ》というのではないでしょうか。大抵の人はこんな言葉に接すると、漱石先生から「貴方も淋しい人なんじゃないですか」と、直接に語りかけられたような気持になってしまうことでしょう。そしてわれとわが心を小説に没入させていく。ほとんどの現代人は自分を疎外された寂しい人間と思っているからです。その意味からも、『こころ』は多くの人に好まれる作品であるといえるのではないか、そう思うのですが……。

大正三年四月から八月にかけて書かれたこの小説は、同五年に亡くなった漱石にとっては、晩年の作品ということになります。全体のあらすじはごく簡単なものです。叔父に財産を横領されてから人間不信に陥っている先生が、こんどはみずからの恋愛のために親友Kを裏切る。Kが自殺してからは、今度は自分自身が信じられなくなる。わずかに妻（お嬢さん）への愛によって、日々の生活をどうにか引きずってきている。ところが、たまたま明治天皇の崩御《ほうぎょ》があり、それに殉死した乃木大将の事件に遭遇して、それに引き込まれるようにして自殺する。ざっと簡略化していうと、そういった話ということになります。

漱石は書いています。

〈すると夏の暑い盛りに明治天皇が崩御になりました。その時私は明治の精神が天皇に始まって天皇に終ったような気がしました。最も強く明治の影響を受けた私どもが、その後《あと》に生き残っているのは必竟《ひっきょう》時勢遅れだという感じが烈《はげ》しく私の胸を打ちました。私は明白《あから》さまに妻にそう云いました。妻は笑って取《よ》り合いませんでしたが、何を思ったものか、突然私に、では殉死でもしたら可かろうと調戯《からか》いました〉（先生と遺書　第五十五章）

そんな漱石の文章から多くの人々によって、「明治の精神とは何か」、また「殉死とは何か」あるいはまた「どうして先生は死ななければならないのか」などの問題が、長いこと論じられてきています。

それだけではなく、漱石の小説のなかで、『こころ』ほどナゾに満ちた作品はない、理解を超えた部分が多い。といってもいいのです。まず先生と親友Kとの関係、Kが自殺した理由、先生と奥さん（お嬢さんの母親）の関係、Kとお嬢さんの関係、そして先生が自殺した真の理由、どれ一つとっても明確ではなく、曖昧な部分を多く残している。ですから、人々が寄ってたかって自説をさまざまに展開できる。この小説は多くの人に論じられることで、どんどん複雑怪奇、不可思議なものとなっていって、逆に言うと、それでますます人気が出ている、という奇妙なことにもなっているわけなんです。

もう一ついえば、先生とKとがともにお嬢さんにたいして愛情を抱いている。いわゆる三角関係なのですが、それをお嬢さんはまったく知らない、感じていない、というのがこの小説の大前提になっているのです。が、そんなおかしな、馬鹿げたことが現実にあるものでしょうかね。女性がそんなに鈍感なはずはない。お嬢さんが木偶《でく》の坊ならいざ知らず、当然二人の青年の自分に向けられた強い想いは心に響いているはずじゃないでしょうか。いや、そんなもんでもない、案外、女性は気づかないもんだという反論があるかもしれないが、わたくしの経験上からはそんなことはなく、女性はみんな敏感でしたがね（笑）。

そんなこんなで、『こころ』はナゾだらけの小説です。そのナゾの一つ一つを説明することは、短い時間では到底無理ですので、ここでは省略します。

それにしても『こころ』は重たい小説です。それを証明するような話をいたします。わが知人の伊沢文吉さんが調べたことなんですが、漱石作品のなかの「笑い」「笑った」と書かれた数についてで、伊沢さんは「見落しのあることも考えられるが」と謙遜していますが、とにかく何度も数えて統計をとったのです。世には奇特な方がいるんですよ。それで、こっちは全面的に信用することにして、結果をそのまま借用しますと――『明暗』六〇。『三四郎』五九。『虞美人草』五五。『吾輩は猫である』三六。『行人』二九。『それから』二六。『門』二二。『彼岸過迄』一七。『坑夫』一五。『坊っちゃん』一一。『道草』一〇。『こころ』七。『草枕』六。『野分』六、ということになるのだそうです。どうですか、『こころ』が笑いの少ない辛い作品であることは一目瞭然なんです。

ま、当然のことといえましょう。何しろ漱石先生はこの作品で「死」の問題をテーマの一つとしているわけですから、これはもうどうしても重苦しくなる。軽々しく笑ってばかりいられない。そこで興味があるのは、これを書くころに漱石はいかなる死生観をもっていたか、ということになる。ご存じかと思いますが、漱石は明治四十三年夏に修善寺で、大量の血を吐いて「三十分くらい死んだ」といわれる仮死のひどい体験をしております。いらい、死は身近く存在するものとなりました。人生とは、どうあがいても、所詮は死への歩みなんである。それゆえに、時々刻々の老化の歩幅をはかりつついかに生くるべきかを、もう一度しっかり考えよう、という心境になっていたようなのです。

『こころ』を書いた大正三年、漱石門に入ったばかりの高田元三郎（元毎日新聞代表取締役）が、「十月三十日の夜のことが忘れられない」として書いています。「先生は『死』について語られ、度々病苦を味わった自分は、ひたすら死を欲している。ただし、自分で作ることだけは欲しないといわれた。『死は帰なり』という中国の先哲の言葉を信じていると語られ、『死こそ大きな生活だ。死こそ真のリアリティだ』と淡々として語られた」

死こそリアリティであるということは、裏返せば現世は虚偽ということと同じです。

同じ年の十一月十二日、門下生の松浦嘉一はその日記に、驚きをもって漱石から直接に聞かされた言葉を記しています。

「人々が云々する理想とか、哲学とかいうものは、死にくらべたら、吹けば飛ぶようなものだね。けれども死は絶対です。死ほど人間を摑み得るもののなかで確かなものはない」

まことにすさまじくも寂しい言葉です。こんな風に死を意識して書かれたのがこの小説というわけです。漱石にとっては、あるいは決然たる言葉かもしれませんが、若き門下生たちには衝撃的にすぎ、重々しい沈黙をもって聞くほかはなかったことでしょう。さらにこんな風に漱石は書いています。

〈死というものを生よりは楽なものだとばかり信じている。ある時はそれを人間として達し得る最上至高の状態だと思う事もある。

『死は生よりも尊《たっ》とい』

こういう言葉が近頃では絶えず私の胸を往来するようになった〉

これは翌四年春のこと。死ぬことのほうが生きていることより尊い、なんていくら何でも「その通りです」と首肯できませんね。小説『こころ』に耳を澄ませることは、結局、この漱石の死生観とつき合うことと同じといえます。

漱石の家で門下生が集って語り合う「木曜会」のあったある夜、『こころ』が話題となり、門下生の一人が、自殺したって罪は消えないのではないか、と疑義を呈したことがあったそうです。漱石は「そうかな、消えないかね、そいつは弱ったなあ」と微笑をうかべて、真から困った顔をしたらしい。もうひとりの門下生が横から口を挟みました。

「科学的には消えないが、心理的には消えるよ」

「客観的には消えないが、主観的には消えるというのかね。いや、どうしたって消えないと俺は思う」

と、質問を投げかけた門下生が突っぱねたのです。

漱石が、このとき、珍しく説得的な口調でいいました。

「消えないかも知れないが、許されはするだろう。なにしろ、生命を断ち切って謝罪するんだから」

「いいえ、死なずにいて、一生、そのために苦しむほうが、はるかに許されます」

と門下生が頑張るのにたいして、

「そりゃ、あまりにも残酷というものだよ」

といいながら、漱石の顔の微笑はもとのままであったというのです。

どうでしょうか。皆さんも、この問題を真剣に考えてみたら……。そうすることが『こころ』を本当に読んだことになるでしょうから。

どうも話がおかしなことになりました。わたくしは『こころ』が好きな作品ではない、といっておきながら、話をつづけているとどんどんすばらしい作品だと賞揚《しょうよう》しているようなっていってしまいます。困りました。でも、やっぱりおかしなところがあって好きになれません。全体の三分の一が「遺書」なんて作品は構成上破綻しているというほかはない。それにそもそもあんなに長い遺書なんてありますかね。あんなに長々と書いていたら、死ぬのがバカらしくなってくるんじゃないですか。ためしに写してみて下さい。というわけで、妙に尻切れトンボになりましたが、話を終りにします。

エピローグ　晩年の漱石先生

●『点頭録』のこと

そのとき、鏡子夫人の『日記』を引用すると、「夜八時急ニ吐血五百カラムト言ウ　ノウヒンケツヲオコシ一時人事不生　カンフル注射十五　食エン注射ニテヤヤ生気ツク　皆朝マデモタン者ト思ウ」（『漱石の思い出』文春文庫）ということになる。抱きとめた夫人の着物は胸から下一面が真っ赤になった。のちの夫人の言葉を借りれば「三十分ばかり死んでいらしったのです」という。これがいわゆる修善寺の大患で、明治四十三（一九一〇）年八月二十四日のこと、漱石ときに四十三歳である。

漱石はエッセイ『思ひ出す事など』で、このときのことを詳しく書いている。その一節をちょっと長く引く。

「妻《さい》の説明を聞いた時余は死とは夫程《それほど》果敢《はか》ないものかと思った。そうして余の頭の上にしかく卒然と閃《きら》めいた生死二面の対照の、如何にも急劇で且《かつ》没交渉なのに深く感じた。何《ど》う考えても此懸隔《このかけへだ》った二つの現象に、同じ自分が支配されたとは納得出来なかった。よし同じ自分が咄嗟の際に二つの世界を横断したにせよ、其《その》二つの世界が如何なる関係を有するがために、余をして忽《たちま》ち甲から乙に飛び移るの自由を得せしめたかと考えると、茫然として自失せざるを得なかった」

　察するに、何もわからなかったが、漱石はまさしく生から死へ、死から生へと行ったり来たりしたのであろう。そして、この貴重な体験が、なんと漱石を、それまでの漱石とは別なような人間につくりかえてしまった。死神に背を向けたのはよかったが、ついでにそれまでの自分にも別れを告げてしまった。

　これを一言でいうと、大患前に書かれたいくつもの小説（『吾輩は猫である』から『門』まで）と、大患以後の小説（『彼岸過迄』から『明暗』まで）とは、まったく主題を別にする作品となった、ということになる。大患後の漱石からはそれまでの文明批評家としての痛快な一面が失われてしまったようなのである。生か死かの大問題の前には、世の中の邪や悪や愚への批評とか戦いとかは何の足しにもならんと、なにやら達観しきってしまった。ユーモアをふくみながら、きびしく外に向けられていた眼が、突如としておのれの内に向けられてしまった。大患後の小説はいずれも内面的心理的になり、自己解剖的になっていく。

以上は、わたくしが『門』までの小説を面白いと思い、それからあとの小説をそれほど好まない、と常々書いたり喋ったりしていることの理由づけのための仮説である。その仮説をもう少しつづけてしまうと、大患後の漱石にとって、生きていくということはどんなにか面倒であり、不愉快なものであったことか、とそう思いたくなる。たえざる胃の痛み、それに痔の苦痛もあったであろう。そして何度もの手術と、肉体上の欠陥からくるいろいろな煩わしさと苦痛とに、もう飽き飽きしていたに違いない。そのためか、その死生観は、死への希求のほうへとずっと傾いていた。人生とは、どうあがいてみても、所詮は死への歩みなんである、と。

本書209ページですでに引用してあるが、大正四年、死の前年のこと。漱石数えて四十九歳、名品『硝子戸の中』が書かれている。そのなかにある淋しい言葉。

〈死というものを生よりは楽なものだとばかり信じている。ある時はそれを人間として達し得る最上至高の状態だと思う事もある。

『死は生よりも尊《たつ》とい』

こういう言葉が近頃では絶えず私の胸を往来するようになった〉

なるほど、漱石その人にとっては決然たる言葉かもしれない。生きているのは虚で、死こそが唯一の真とは、あまりにもすさまじすぎる。こういう境地にあったときに書かれた『彼岸過迄』以後のしんどい小説群が、その根底に何を蔵していたか。わたくしのような能天気な楽天家が好まないのはごく自然なことなのではあるまいか。

ところが、である。大正五（一九一六）年の正月に年頭の辞というべきものを漱石は書いている。中国の唐の時代の趙州《じょうしゅう》和尚が六十一になってから初めて道に志し、修業すること二十年、八十歳になって「始めて人を得度し出し」百二十の高齢まで人を導いたという例を引いて、漱石は決意らしいことをこのときはっきりと記すのである。

「寿命は自分の極めるものでないから、固《もと》より予測は出来ない。自分は多病だけれども、趙州の初発心《しょほつしん》の時よりもまだ十年も若い。たとい百二十迄生きないにしても、力の続く間、努力すればまだ少しは何か出来る様に思う。それで私は天寿の許す限り趙州の顰《ひそみ》にならって奮励する心組《こころくみ》でいる。……自己の天分の有《あ》り丈《たけ》を尽そうと思うのである」（『点頭録』）

漱石は明らかにおのれの「道」というものをあらためて見つけたのである。しかも、わたくしは正直にいってこの『点頭録』を読み進めていって目を見張った。そこにあるのは痛烈な第一次世界大戦批判なのである。はげしい戦争批判、軍国主義批判なのである。ことによったら漱石文学の本質の一部である文明批評の作家魂を、それは修善寺の大患までの作品の根底にあったこの国の明日人の憂慮を、漱石はよみがえらせたのではなかろうか。しかし、残念ながら左の肩から腕にかけてはげしい痛みがでてきて連載九回までで原稿をこれ以上書きつづけることができなくなった。

「とにかく戦争が手段である以上、人間の目的でない以上、それに成効の実力を付与する軍国主義なるものも亦《また》決して活力評価表の上に於て、決して上位を占《し》むべきものでない事は明かである」

「個人の場合でも唯喧嘩に強いのは自慢にならない。徒《いたず》らに他《ひと》を傷《あや》める丈である。国と国とも同じ事で、単に勝つ見込があるからと云って、妄《みだ》りに干戈《かんか》を動かされては近所が迷惑する丈である。文明を破壊する以外に何の効果もない」

この反戦的主張は目を見張るほどはげしいの一語につきる。

漱石がふたたび消極的であった自分をふり捨てて、積極的に奮闘努力すると決意した、と思うと、『点頭録』の中途打切りは返す返す残念でならない。せっかく大患以後ずっと見ることのできなかった大勇猛心をふるい立たせたのに……。

そういえば『明暗』のなかにも、小林という得体の知れない与太者的人物を登場させたことが思いだされる。漱石がもっと生きていたならば、社会小説を書いたであろうという評論家もいるそうであるが、わたくしもこれにはそれほど異議がない。われわれが瞠目《どうもく》するような作品を、しかも文明批評的な作品をどんどん書いたかもしれない。

しかし、漱石はこの年の十二月九日に亡くなってしまったのである。

第二部　中国文学と漱石俳句

第一話　荊軻《けいか》の「風蕭々《しょうしょう》として」

わたくしは中学生のころより、古代中国は秦《しん》の時代の任俠の徒・荊軻《けいか》という人物が好きであった。任俠または遊俠というと、日本ではすぐにヤクザという言葉におきかえられる。これではまことに困る。古代中国の任俠の精神とはそんな斬った張ったで荒っぽく蓮っ葉なものではない。

〝任〟はそもそもが〝負う〟あるいは〝になう〟の意なのである。そこには当然のことながら、責任を負うという深い意味がふくまれている。おのれを犠牲にして、事に役立てる。義のために火の中に突き進んでいくし、刃の上を踏んでいく。たとえ死にのぞんでも踵《くびす》をめぐらして退くようなことはしない。それが古代中国の任俠の士のあり方というものである。

歴史家司馬遷は『史記』列伝篇に「刺客列伝」と「游俠列伝」を立てて、五人の任侠の人をとりあげ、その人間観にもとづいて任侠を成り立たせている精神の奥にまで立入って、任侠をうちより支えているものは何かを追求している。「曹沫《そうかい》より荊軻にいたるまでの五人は、その義はあるいは成就し、あるいは成就しなかった。しかし、すべてその意図は明らかで、その志をあざむかなかった。その名が後世に伝わったのは、決して無稽《むけい》のことではない」と司馬遷は人間の生き方として「義」「志」がいかにだいじであることかと明確に書いている。

そしてこの五人のうちで、やっぱりいちばんの刺客となれば、わたくしにとっては、荊軻がとにかくトップということになる。文句なしにこの武人を推すことにする。

燕《えん》の国の太子丹《たん》のたっての頼みに応じて、荊軻は秦の独裁者始皇帝を亡きものにすべく決死の覚悟をきめる。そして燕の勇士秦舞陽《しんぶよう》をともない、太子丹をはじめ多くの人に見送られ、燕の国の南端を流れる易水《えきすい》を渡るとき、親友高漸離《こうぜんり》が涙ながらにかき鳴らす筑《ちく》に合わせて、荊軻は高らかに別離の歌を詠ずるのである。

風蕭々《しょうしょう》として易水寒し

壮士《そうし》ひとたび去ってまた還らず

その悲壮な歌は人の心をえぐり、送る人々はみな秦に向かって眼を怒らせ、逆立った頭髪は冠をつくばかりであったという。そして荊軻は——司馬遷はあっさりと描く。

「荊軻は車に乗って去り、最後までふりかえらなかった」（荊軻就車而去。終已《ついにすでに》不顧）

まこと、颯爽《さっそう》として小気味よい。すなわち大丈夫たるものはかくの如きでなくてはならぬ。

つまり正直にいえば、中学生のころ、荊軻の「風蕭々」を叩きこまれ、いらいわが荊軻びいきが変ることなくつづいている。何か大事を成すとき、たとえば入社試験を受けるために家を出るときなど、「風蕭々として墨江寒し」なんて勇んだりしていた。墨江とは、隅田川のことである。詩歌の力の何と偉大なるかな。

かくて荊軻と秦舞陽は秦の都についた。このさきの経緯は、日本においては『平家物語』巻五「咸陽宮《かんようきゅう》」と謡曲「咸陽宮」とが、原典の『史記』が顔負けするくらいくわしく物語ってくれている。荊軻が始皇帝をもうひと息のところまで追いつめながら、わが事ついに成らず、無念の涙をのんだ話が、日本人の心をよっぽど打ったものらしい。

そのサワリの部分を、まずは『平家物語』――阿房殿《あほうでん》にみちびかれた刺客二人は、始皇帝をとりまく文官や武官の多さ、宮殿の豪華さにびっくりする。

「あまりに内裏のおびただしきを見て、秦舞陽わなわなと振いければ、臣下これを怪んで、『舞陽謀反の心あり。刑人をば君の傍に置かず。君子は刑人に近づかず。近づけば則ち死を軽んずる道なり』と云えり。荊軻、立ち帰って『舞陽全く謀反の心なし。ただ田舎《でんしや》のいやしきにのみ習って、かかる皇居に馴れざるが故に、心迷惑す』と云いければ、その時臣下皆静まりぬ」

荊軻が胆の太さを存分に見せる場面である。『史記』の記述とくらべてみると、なぞりながらも巧みに『平家物語』の作者が緊迫感をつくりだしているのが窺える。日本人の二次加工のうまさというべきか。ただし謡曲のほうにはこの場面なし。

つぎのクライマックスは、謡曲のほうがはるかに上で――シテは始皇帝、ワキは荊軻、ワキツレは秦舞陽、地は地謡である。

「ワキ『其時荊軻進み寄って、燕の指図の箱のふたを開き、上覧に供え立ちのけば』、シテ『不思議やな箱の底に剣《つるぎ》の影、氷の如く見えければ、既に立ち去り給わんとす』、地『荊軻は期したる事なれば、御衣の袖にむんずと縋《すが》って、剣を御《おん》胸《むね》にさしあて奉りけり』、……」

ここが『平家物語』になると、少々かったるく、

「……指図の入ったる櫃《ひつ》の底に、氷のようなる剣のありけるを、始皇帝御覧じて、やがて逃げんとし給えば、荊軻御袖をむずとひかえ奉り、剣を胸に差し当てたり。今はこうとぞ見えたりける。数万の軍旅は、庭上に袖をつらぬといえども、救わんとするに力なし。ただこの君逆臣に犯されさせ給わん事をのみ、歎き悲しみ合えりけり」

と、暗殺は見事に成功せんばかり。庭に数多くの始皇帝の家臣どもがいても手の出しようもない。始皇帝の命運ここに尽きなんとす……。

日本版ではともにそうなんであるけれども、『史記』では、荊軻が突き出した匕首《あいくち》がとどくよりも早く、「秦王（始皇帝）は驚いて、身をひいて起ちあがった。袖が絶ち切れた」（右手持匕首堪之。未至身。秦王驚、自引而起。袖絶）という

わけで、情けなや荊軻の襲撃は空を切ってしまったのである。それが事実なんだろうというわけで、日本の古川柳のほうは残念がっている。

始皇帝おもつたよりも身がかろし
袖ばかり持つて阿房の二人なり

このあと『史記』では、暗殺に失敗した荊軻の最期の場面となる。斬られた荊軻は無念とばかり匕首を始皇帝めがけて投げつけるが、外れて柱に突き刺さる。ズタズタに斬りさいなまれた荊軻はもはやこれまでと、柱にもたれて笑いをうかべ、罵《のの》しるようにいうのである。

「うまくいかなかった理由は、秦王を生かしたまま劫し、燕を侵略した地を返すという約束を取りつけて、太子に報告したいと思ったからだ」（事所以不成者、以欲生劫之、必得約契以報太子也）

こうして荊軻は悲壮な最期をとげる。

ところが面白いことに日本版においては、そうは簡単にくたばらない。『史記』には描かれていないドラマチックな一場面が加わるのである。余計なことながら、それにふれておくことにすると、ここもまた謡曲がすこぶるいい。長々と引用する。

「シテ『如何に荊軻、秦舞陽もたしかに聞け、我三千人の后《きさき》をもつ、その中に花陽夫人とて琴の上手あり。されば毎日怠る事なし。然れども今日は汝等が参内《さんだい》により、いまだ琴の音を聞かず。ことさら今は最期なれば、片時《かたし》の暇《いとま》をくれよ。彼《か》の琴の音を聞いて義黄泉《こうせん》の道をも免《まぬが》れうずると思ふは如何に』。ワキ『いかに秦舞陽、さて何と有るべきぞ』。ツレ『是程まで手籠《てご》め申すうえは、片時の御暇ならば参らせられ候え』。ワキ『さらば片時の御暇を参らせうずるにて候う』」

剣を胸に突きつけられて絶体絶命の始皇帝が、琴の調べを聞いてからあの世にいきたいと、いまさらのような妙な頼み事をする。これを刺客二人が相談して「よかろう」と認める。やがて花陽夫人が琴を弾ずるのであるが、『平家物語』によると、

「凡《およ》そ此の后《きさき》の琴の音を聞けば、猛《たけ》き武士《もののふ》の怒れる心も柔らぎ、飛ぶ鳥も地に落ち、草木も揺《ゆる》ぐばかりなり。いはんや、今を限りの叡聞《えいぶん》に供えんと、泣く弾き給えば、さこそ面白かりけめ。荊軻、頭《こうべ》をうなだれ、耳をそばだてて、ほとんど謀臣の心もたゆみけれ」

という次第で、荊軻は妙なる琴の音にうっとりとしてしまい、刺客らしからぬ心に油断が生じた。音痴のわたくしは音楽でうっとりなんかしたことはないが、荊軻の音感はよほど他より秀れていたものかもしれぬ。しかし、およそ何事であれ、ある大事な目的をもつものは、その目的を達するまでは余所《よそ》事に心を移してはならぬものである。この油断をみすまして始皇帝は、つかまれている袖を引き切って、「七尺の屏風を飛び越えて、銅《あかがね》の柱の陰《かげ》に逃げ隠れさせ給いけり」（『平家物語』）ということになる。そしてあとの顚末《てんまつ》は『史記』とほぼ同じことで、荊軻は憤死、秦舞陽も斬殺されてしまう。

漱石句にそれらしいのが一つある。

一張の琴鳴らしみる落花かな

ところで、江戸の古川柳は大そうこの弾琴のくだりが気に入ったとみえて、それこそ山ほども傑作快作がつくられ、にぎやかに囃している。

聞き納め琴をと王の一手すき
琴の音で殺気次第に消えるなり
琴唄をうつかりと聞き出しぬかれ

飛越すを見ると華陽もついて逃げ
逃げろ逃げろと琴でいふひどいこと

そして謡曲「咸陽宮」のラストはこうである。

「地『帝又剣を抜いて、荊軻をも秦舞陽をも、八つ裂きに裂き給い、忽《たちま》ちに失《うしな》いおわしまし、其後燕丹太子をも、程なく亡ぼし秦の御代、万歳をたもち給う事、唯これ后の琴の秘曲、ありがたかりける例《ためし》かな」

乾坤一擲《けんこんいってき》をねらいながら空しかった荊軻の志を考えれば、少しも喜ばしくないことであるが、とにかく目出たくありがたいことと終るのが日本の芸能の習いなのである。

さて、荊軻と始皇帝の講釈はよくわかったが、漱石は一句しか出てこないではないか、と叱られそうであるが、そこで以下にとってつけたようにつけ加える。

俳句の上では漱石の先生格の与謝蕪村には、わたくし好みの古典趣味からの漢詩や故事をとりいれたいい句がいくつもある。なかでも秦《しん》の始皇帝を刺さんと、

「風蕭々として易水寒し」

と、河を渡っていった燕の荊軻を詠んだ、

易水にねぶか流るる寒さかな

なんかをとくにわたくしは好んでいる。実にいい句ではないか。そこで、「壮士ひとたび去ってまた帰らず」の、この刺客はまた、漱石好みではあるまいかと勝手に思っている。題材も易水という地名も作句をそそるようなよき味わいが感じられる。「富貴も淫《いん》する能《あた》わず、貧賤《ひんせん》も移す能わず、威武《いぶ》も屈する能わず、これをこれ大丈夫と謂う」という『孟子』の言葉なんか、荊軻のことでもあり、みごとな日本男子たる漱石先生その人とも思えてくる。

漱石句にも大丈夫を詠んだものがある。

志はかくあらましを年の暮

秋はふみ吾に天下の志

つるぎ洗ふ武夫《もののふ》もなし玉霰《たまあられ》

荊軻のことじゃあるまいかという句もある。

夕月や野川をわたる人は誰

ああ、それなのに、なのである。残念なことに、せっかくの『史記』の有名な故事なのに、なんと、漱石先生は俳句の上では荊軻その人には目をつぶってござるではないか。でも、ぜんぜん興《きよう》をもたずというわけでもなく、『吾輩は猫である』五章の終りのほうに、

「書斎で主人が俺のステッキを枕元へ出して置けと云う声が聞える。何の為に枕頭にステッキを飾るのか吾輩には分らなかった。まさか易水の壮士を気取って、竜 鳴《りゆうめい》を聞こうと云う酔狂《すいきよう》でもあるまい」

と〝易水の壮士〟としてちゃんとでてくる。でも、これだけである。ほかの作品にはない。『坊っちゃん』なんかにはもってこいと思うのに、それにしても残念この上ない。

さて、と話を変えてしまって、その荊軻によって狙われた始皇帝のほうである。漱石句は残念ながらなかったものの、それ以前に中国を旅行する機会のあったとき、探偵としてはちょっと調べてみたことがある、とくにその華やかさで知られた阿房宮《あぼうきゆう》のことを書くことにしたい。

史書によれば、始皇帝は天下を統一すると、犯罪人を動員してこの阿房宮を建

て、万里の長城を築き、つぎにおのれの陵墓《りょうぼ》の造営に着手したという。死して後も天下を支配するつもりであったのである。みずからの権力を確認するためには、多くの人民を動員し、安定した死後の世界を生きているうちに眼前に現出させなければならなかった。豪奢な現実の、永遠の継続を願う。そのことの無意味であることは歴史が示しているだけに、なお強烈にそれを願う。

しかし、万世にわたる天下支配を信じて疑わなかった始皇帝の夢は、死後数年にして崩れた。阿房宮は焼かれ、その豪壮な陵墓も、項羽《こうう》の手で徹底的にあばかれ、財物は掠奪《りゃくだつ》された。

中国旅行のとき、だれもが案内される西安郊外の陵墓にはもちろん行ったが、阿房宮跡へも少々無理をいって連れていってもらった。このとき、アホウの語源はこの阿房宮に由来するというご高説を聞かされた。アボウからなぜ濁音が落ちたのかについては説明がなかったが、その跡を訪ねてみて、理屈はともかく、なんとなくわかる気がした。

なんにもない小麦畠のなかに大きな土壇があるだけである。無際限とも思える敷地がひろがっている。

史書は告げる、囚人《しゅうじん》七十万人を使役《しえき》して、東西五百歩（一歩は約一・三五メートル）、南北五十丈（一丈は約二メートル）、上階には一万人の文武の官僚を集めることができ、下階には五丈もある旗を立てることができる宮殿を建設したと。完成したら正武の名を付すつもりだったが、とりあえず阿房の地にあったので人びとは阿房宮と呼んだ。始皇帝が死んだとき、宮殿はまだ完成していなかった。それほどの大宮殿であったから、項羽が秦の二世帝王を滅したとき、これに火を放ったら火は三カ月も消えることがなかったという。

これではいくら秦の国力があってもたまったものではない。盛者必衰、生者必滅は人間生活の根本原理である。それに権力とは悲しいものである。かつて唐の皇帝は不老長生を求めて多くの奇妙な丹薬を愛用した。その結果、六人の皇帝が中毒死したとある。最高の権力をもってしてもどうにもならない現実、始皇帝はそれに抗し、永遠に挑むために、バカでかい阿房宮を造って国を亡ぼした。そこからアホウという言葉ができたという。ただしこれは俗説で信じるやつはアホウであるそうな。

ではあるけれども、たしかに、阿房宮跡に立ってみると、人間の営みが壮大であるほどアホらしいものにみえてくるのである。

そして漱石である。明治三十八年十一月ごろの『断片』で、こんなことを書いている。

「始皇は長城を築き、フェラオはピラミッドを築く。宇宙の壮観を指呼の間に湧出せしむるの技能ありと雖《いえど》も、日を暗くして水を一所にとどむる事能わず。日の明らかなるは日の性なればなり。百の始皇ありとも千のフェラオありとも、物の性を奪うの力なし。性を奪い得たる時、そのものはすでにその名を有せず。（下略）」

人の営みなんてタカが知れたもの。大自然の前におけば屁のようなものと、若くして漱石も達観していたようである。であるからといって、努力を惜しんで怠けていてよいとはいってはいないのであるが。なお、この『断片』は『吾輩は猫である』の六章を書き終えたころのことである。

第二話　『老子』の「愚に徹する」

拙著『聖断』（ＰＨＰ文庫）で書いたことであるが、鈴木貫太郎首相はあの敗戦の混乱期に『老子』をしきりに読み、それを自分の政治哲学としていた。漱石も負けず劣らずに『老子』や『荘子』をよく読んでいた。孔孟思想よりも老荘思想のほうが、漱石の血肉となっていたと考えられる。かれの卒業論文はたしか『老子の哲学』ではなかったか。（もっとも、これは老子批判の趣きが強かったというのであるが……）

なぜこんなことをいうか、といえば、漱石の作品を読んでいて、実にうまく老荘の言葉がとりこまれていることに、気づかせられるから。『吾輩は猫である』には、五章に「大声は俚耳《りじ》に入らず」（荘子）だの、九章に「五車にあまる蠹紙《とし》堆裏《たいり》に自己が存する所以がない」（荘子、「その書五車」＝沢山の書籍）だの、十一章に「無為にして化すと云う語の馬鹿に出来ない事を悟る」（老子の無為自然、無為而化から）だの、同じく十一章「吾輩の様な碌《ろく》でなしはとうに御暇を頂戴して無何有郷《むかうのきょう》に帰臥してもいい筈であった」（荘子、無何有郷とは早くいえばパラダイスのこと）だのと、しきりに老荘がでてくる。

いや、『坊っちゃん』にもあった。

「天誅も骨が折れるな。これで天網恢々疎《てんもうかいかいそ》にして洩らしちまったり、何かしちゃ、詰らないぜ」（十一章）

つまり「天網は恢々疎にして失わず」という老子の言葉から。天の法網は広く大きい、目は荒いが決して悪を取り逃すことはない、すべて天の理法に任せておけばよい、と老子が〝罪人を裁く法〟についてのべた言葉である。

『虞美人草』には老子その人の名がでてくる。

「甲野さんは黙然《もくねん》として、船の底を見詰めた。言うものは知らずと昔し老子が説いた事がある」（五章）

『老子』第五十六章「玄同」にある言葉で、「本当に分っている者は敢て言《こと》あげせず、言あげするものは本当に分っていないのである」と説かれた部分である。

また、諸作品によくでてくる「顰《ひん》に倣《なら》った」は漱石の好きな言葉の一つなのかもしれない。荘子にある。顰とは〝眉をしかめる〟という意。美人西施《せいし》は肺を病んでいて咳をするたび眉をしかめた。これをみた醜女《しこめ》たちは、絶世の美人が眉をしかめた外見だけをみて、何故眉をしかめているのかも知らず、その真似をして美人にあやかろうとした、という話である。他人の外形だけを見習うという意味で、たとえば『門』にある。

「主人は箸とも楊枝とも片の付かないもので、無造作に饅頭を割って、むしゃむしゃ食い始めた。宗助も顰に倣った」（十六章）

ところで、老子その人となると、孔子とならんで古代中国の思想家のなかでもっともよく知られた人といえる。ところが、その具体的な伝記は、といえば、いちばん古い史書の『史記』で司馬遷が記している「老子・韓非子列伝」のなかにでてくるもの以上のことは実は知られていない。姓は李氏といい、名は耳《じ》、字《あざな》は伯陽、諡《おくりな》は聃《たん》。さりとて『史記』の記述そのものも簡単にすぎ、曖昧模糊たるところばかり。「老子は百六十余歳まで生きたといわれ、あるいは二百余歳まで生きたといわれる。道を修めて寿を養ったからであろう」（蓋老子百有六十余歳、或言二百余歳。以其修道而養寿也）なんて司馬遷は書いているが、昨今の長寿国日本の所在不明騒ぎのお年寄じゃあるまいし、修業をつんだからっていくら何でもそれは無理、といいたくなるのがオチである。

そのナゾに包まれたところがいかにも老子らしくていいとは思う。それに司馬遷が、老子がコンコンと孔子に驕気《きょうき》と多欲とを捨てるように諭したやりとりを『史記』に残してくれたので、孔子と同時代（前五世紀）の、周の王室に仕える史官であったが、周が衰えるのを見て国を去った。と、それくらいのことはわかる。そして『老子道徳経』八十一章が残されていまに伝わる。なるほど、その存在が疑われ、老子を架空の人物とする説がいっぽうにたしかにあるが、それをひっくり返す意味からも『史記』はすこぶる貴重な書である。

この老子の書は、『論語』のように「子曰く」だの「子貢曰く」だのと書かれてなく、『荘子』のように寓話もなく、『孟子』のごとき問答もなく、ただ全篇に短い箴言《しんげん》のような言葉がならぶだけ。しかし、その言葉の一つ一つが後世に与えた影響たるや、孔子に勝ることはあっても見劣りするところはない。漱石が作品のなかでしきりに使っているのが、それらの言葉なのである。

儒教が社会秩序や道徳、わずらわしい儀礼やきまりを説くのにたいし、『老子』はそんな堅苦しい人為よりも、自由にして自然であることの大切さ、有にたいする無のすばらしさを説くのである。『史記』も「李耳（老子）は人為的に作為せずにおのずと人を教化し」と本質を示し、『老子』にも「吾れ是《これ》を以って無為の益あるを知る」（四十三章）とあるが、この「無為自然」の境が老子の根本思想である。遅れてこの世に生をうけた荘子は、その老子の思想をついでわかりやすく説いたものであることはもちろんである。

そしてまた、『史記』には、老子が孔子にコンコンと説教していっているなかにいい言葉がある。

「良賈深蔵若虚、君子盛徳容貌若愚」（商売上手は品物を店の奥にしまいこんで品不足のように見せる。真の君子は徳をやたらに外に出すことなく愚者のような顔をしているもの）

この、「愚」に徹することが人の最高のあり方という考えも、老子の思想の根本にある。

「無為自然」そして「愚」という教えこそが、漱石の理想の生き方であることは、すでに何度も書いている。そこで老子のでてくる漱石句からいくつかを。

ものいはぬ案山子に鳥の近寄らず

明治三十一年の作。この句には、「知者不言、言者不知」の前書きがある。出所は『老子』である。知るものは言わず、言うものは知らず、と読む。えらそうに言挙げするものへの皮肉がたっぷりこめられている。漱石はまたこうもいっている。「余慶な不慥《ふたしか》の事を喋々する程、見苦しき事なし、況んや毒舌をや、何事も控え目にせよ、奥床しくせよ」（「愚見数則」）

其愚には及ぶべからず木瓜の花

明治三十二年の作。愚といい拙といい、老子がしきりにいう言葉である。「大巧は拙のごとし」（四十五章）とか、「われ愚人の心なるかな、沌沌たり」（二十章）とか。漱石もまた節を曲げない愚直な生き方を、生涯の心の拠りどころとしていた。

老聃《たん》のうとき耳ほる火燵《こたつ》かな

明治三十二年の作。老子その人のことを詠んでいる。老子がいまや白髪白鬚の老翁となって、炬燵に入っている。やや遠くなった耳に、耳かきを突っこんで垢をとっている。こんな老子ののんびりした姿をイメージしたところに、この句の楽しさがある。なるほど、『史記』には「李耳（老子）は人為的に作為せずにおのずと人を教化し、清浄静平のままでおのずと人を正した」とある。『史記』に描かれたそんな老子の静かな姿がよく描かれているといってもいいか。

晩年の漱石の漢詩にも老子の哲学を偲ばせる詩句がいくつもある。とくに「愚」である。大正五年十月二十一日の作に「行き行きて長物尽《つ》く　何処《いずこ》にか吾が愚を捨てん」（行くほどにいらぬ持ちものは悉《ことごと》くなくなったが、最後に残った愚直さだけはどこにも捨てどころがない）は、字義どおり老子の理想たる愚直に行きついた漱石の感慨である。また、同日の作に「長身估客《こかく》なし　赤裸々中は愚」とある。義父の松岡譲氏の訳を借りれば「この素寒貧の裸ん坊では買い手がない。実はその裸の中には、銭で買えない立派な美徳の『愚』がいっぱいつまっているのだが――」ということになる。〝美徳〟とするより〝人間の理想〟としたほうがぴたりとくるが……。

さらに十一月十九日の有名な作。

「大愚到り難く志成り難し　五十の春秋瞬息の程《てい》　道を観じて言なく只《ただ》静に入り
詩を拈《ねん》じて句有り独り清を求む（略）」

愚を心に念じながら愚に徹することはできず、志を得ないうちに人生五十の歳月はあっという間に過ぎ去っていった、云々。漱石が究極に求めたものは、結局、愚に徹することであったことがわかる。『史記』に書かれた「清浄静平のままおのずと人を正した」をそのままに生きることにあった。つまり老子のいう自我である〝私〟を捨て去って、無為自然の境に入ることであったのである。

そういえば、『五重塔』『露団々』『評釈芭蕉七部集』などで知られる幸田露伴もまた、漱石に劣らず老子に傾倒していた。が長くなりすぎるといけないので略す。ただ一つ、老子のことを詠んだ露伴作の俳句をあげておく。

老子霞み牛霞み流沙かすみけり

魯迅が短篇集『故事新編』のなかで老子をテーマにして描いた「出関」の、老子が隠遁すべく函谷関《かんこくかん》を出ていくときの名場面が想いだされる。

「間もなく、牛は歩みを早めた。人々は関所に立って、目送していた。二、三丈距《へだた》っても、まだ白髪と、黄袍と、黒牛と、白袋とが見分けられた。つづいて、砂埃が足もとから起って、人と牛とを包み、一様の灰色に変えた。なおしばらくすると、濛々たる黄塵のほかは何も見えなくなった」（竹内好訳）
『史記』ではあっさりと「於是老子乃著書上下篇、言道徳之意、五千余言而去。莫知其所終」（ここにおいて老子すなわち書上下篇を著わし、道徳の意を言うこと、五千余言にして去れり。その終るところを知るなし）としか書かれていない。司馬遷もまた、老子流に無為、余計な修飾をせずに、老子のその後を知るものはなし、と一行で筆を擱《お》いたのであろう。

わたくしもまた、無為自然の理想にのっとってここで終るべきなのかもしれない。が、どうしてももうひとり、出だしでもふれたが、首相鈴木貫太郎のことを書いておきたい。この人は七十八歳でこの大任を昭和天皇から委託されたとき、「この戦争はたとえ殺されようともわが内閣でけりをつける」とひそかに家族にのみ伝えた。しかし徹底抗戦を標榜する軍部があるゆえに、一気に降伏へと国家の舵をとるわけにはいかない。そこに老首相の苦悩があった。

その鈴木が、最後の一兵までか降伏か、最終の決断を迫られたとき、書記官長迫水久常に一枚の色紙を手渡した。そこには八つの漢字が書かれていた。

「治大国者若烹小鮮」

迫水にはとっさに意味がわからなかった。が見つめているうちに、寓意が自然に浮かんできた。小魚を煮るときは、ほどよい火加減でそっとしておかなければならない。箸で突っついたりすれば、小さい魚は容易に崩れてしまう。大国を治めるものは、さながら小魚を烹《に》るようにしなければならぬ、ということか。

「愛読する『老子』にある言葉ですよ。迫水君、何事もその極意ですよ」

と、鈴木はにこにこしながらいった。

日本の終戦は、鈴木にいわせれば、「善《よ》くするものは果《な》るのみ。敢えて強をとらず、果《な》りて矜《ほこ》るなく、果《な》りて伐《ほこ》るなく、果《な》りて驕るなし」という老子の教えのままということか。

ついでに書いておけば、首相官邸の首相の大きな執務机の上には書類はおろか紙片一枚もなく、ただ一冊の書物がおかれていたという。『老子』である。椅子に深く身を沈めた鈴木はしょっちゅうそれに読みふけっていた。戦前の日本の最大事業たる終戦は、くり返すけれど、その一冊の書を頼りにすることによって成しとげられたといえるのかもしれない。

第三話　『蒙求《もうぎゅう》』と陶淵明と李白と

書くまでもないことながら、漱石という雅号は中国の『蒙求《もうぎゅう》』という書にある有名な故事からでている。

秀才の誉れの高い孫楚《そんそ》という男が、隠遁を決意して、親友の王済《おうさい》に心境を語るに、俗世間を離れ自然に親しむという意味の「枕石漱流」という言葉を、ひょいと間違えて「漱石枕流」といってしまった。王済はカラカラと笑って、

「流れに枕することはできない。石で口を漱ぐこともできない。そんなこっちゃ、隠遁なんて無理なことよ」

といった。すかさず孫楚は、

「流れに枕するのは耳を洗うためであり、石に漱ぐのは歯を磨くためなんだ」

と屁理屈をつけて反論した、という話である。

そこから「漱石枕流」はへそ曲り、負けず嫌いという意の諺にもちいられるようになった。

漱石先生がこの雅号を使いだしたのは、明治二十二年の春。ときに二十二歳。明治二十二年五月二十七日付の、正岡子規あての手紙にその発心のことを書いている。

「七草集には流石《さすが》のそれがしも実名をさらすは恐レビデゲスと少し通がりて、当座の間に合せに漱石となんしたり顔に認《したた》めはべり、……」

それ以前の漱石は、子規との往復書簡などでは、平凸凹と自称し、愚陀仏と名乗ったりしている。平凸凹というのは、漱石の鼻の頭のアバタをさしての自嘲の称号であるのはいうまでもない。漱石は雅号をむしろ自嘲、韜晦《とうかい》、恐縮の感をもってつけているとみられるから、漱石の号もつむじ曲りで負け惜しみの強かったおのれへの自省をこめてつけたものと考えられる。

さて、その出所であるところの『蒙求』について。これまでの拙書でも何度も書いたが、これは唐の時代の李瀚《りかん》の著。経書や史書を紐解いて古人の事蹟なんかからよく似たものをとりあげ、二つずつ四字句にして組み合わせ、韻をふんで記憶しやすいようにつくられた児童向きの教科書であった。

たとえば「孫楚漱石、郝隆曬書」というふうにでてくる。これはいずれも詭弁を弄したへそ曲りの人の話。孫楚のほうはすでに書いたとおり。郝隆《かくりゅう》は、七月七日の真っ昼間の暑いとき腹をだし上を向いて寝ていた。人がそのわけをたずねると、「世間では、今日は衣服や書物を日にさらす日である。俺は腹の中に覚えこんだ書をさらしているところだ」と得意になったという話である。『誹風柳多留』に「塩引きのやうに郝隆土用干し」がある。そういえば蕪村にも「枕する春の流れやみだれ髪」という枕流を詠んだような句があった。

日本には、平安朝のころには輸入されてきていて、多くの人びとに愛読された。「勧学院の雀は『蒙求』をさえずる」という悪口さえうまれている。明治時代にはいわば学に志す子弟の必読書になっていたから、幼年時代の漱石もすでに通読していたものと思われる。

明治四十一年十一月二十日発行の博文館『中学世界』に、アンケートに答えた一文がのっている。

「小生の号は、少時蒙求を読んだ時に故事を覚えて早速つけたもので、今から考えると、陳腐で、俗気のあるものです。しかし、いまさら改名するのも億劫だから、そのまま用いております。慣れてみると好きも嫌いもありません。夏目という苗字と同じ様に見えます」

これで「少時」つまり少年時代に『蒙求』に親しんでいたことがわかる。唐の児童向きの教科書なんだから、当然といえばいえるかもしれないが、それでも昔の人は偉かったな、とやっぱり思えてくる。いまは大学生だって読めやしない。たとえば「許由一瓢《きょゆういっぴょう》」の全文を。

「逸士伝、許由隠二箕山一、無二盃器一、以レ手捧レ水飲レ之。人遺二一瓢一、得二以操飲一。飲訖掛二於木上一、風吹瀝瀝有レ声。由以為レ煩、遂去レ之」

「逸士伝に、許由、箕山に隠れ、盃器無し。手を以て水を捧げて之を飲む。人一瓢を遺り、以て操りて飲むことを得たり。飲み訖わりて木の上に掛くるに、風吹き瀝瀝として声有り。由以て煩わしと為し、遂に之を去る」

これを解釈するに――いや、『徒然草』第十八段にこの話がそっくり書かれている。

「唐土《もろこし》に許由といいつる人は、更に身に随える貯えも無くて、水をも手してささげて飲みけるを見て、なりひさごという物を人の得させたりければ、或時木の枝に懸けたりけるが、風に吹かれて鳴りけるを、喧《かし》かましとて捨てつ。また手に掬《むす》びてぞ水も飲みける」

兼好法師は、このあとこう結んでいる。

「いかばかり心の内涼しかりけむ」

まったく法師のいうとおり、読むこっちの心もすがすがしくなる。瓢は風が吹いてころころという音をたてた。隠士にはこれはうるさい、これさえなければ静かなのにと思ってそれを捨てた。便利さよりも心の静謐《せいひつ》が大事なのである。風流もここまでくれば、見事の一語につきるのではないか。

漱石はこの話をひどく好んだように思える。さも当然のことのように一句をつくっている。

瓢かけてからからと鳴る春の風

ほとんど『蒙求』の話そのまま。春の風としたあたり、心の内の涼しさより話の面白さにひかれている。

ところがそれから十年たって、小説家になったあとこの話をちょくちょく思いだしているようである。しかも、こんどは許由の求めた静かな境地へのあこがれという形をとって――。

　逝く春や庵主の留守の懸瓢《かけふくべ》

そして最晩年の大正五年には、春の句ではなく秋の句として許由の話をふたたび詠んでいる。

　瓢簞は鳴るか鳴らぬか秋の風

漱石にあっては、少年時代に読んで覚えた『蒙求』の影響がいかに大きかったことか。ほんとうに三つ子の魂百までもである。幼少年時代に徹底的に、少々わけがわからずともよい、どしどし暗記させることの大事さを痛感する。わたくしなんかは『蒙求』ならざる浪花節の広沢虎造や玉川勝太郎や寿々木米若なんかになれ親しんでしまったから、いまときどき口をついてでてくる言葉は、なんと、「馬鹿は死ななきゃ直らねえ」なんであるから、心底ガッカリする。

これもかの日の愚劣な大戦争のため、と思い当たり、いまごろ愚かものは無性に腹を立てている。

いや、そんなことより漱石俳句と『蒙求』とのつながりの話である。『草枕』

にみられるように、漱石は陶淵明の心境を愛した。それで、まずは『蒙求』にある淵明にかんする話（「淵明把菊」「陶潜帰去」「武陵桃源」）から。漱石はこれでもかというくらい、それと思われる句を若き日にいっぱいつくっている。よっぽど陶淵明にあこがれたものとみえる。

「淵明把菊」からは——「黄菊白菊酒中の天地貧ならず」「菊の香や晋の高士は酒が好き」

「陶潜帰去」からは——「門柳五本並んで枝垂れけり」「五斗米を餅にして喰ふ春来たり」「素琴《そきん》あり窓に横《よこた》ふ梅の影」「槎《さ》牙《が》として素琴《そきん》を圧《あつ》す梅の影」「明月や琵琶を抱へて弾きもやらず」

「武陵桃源」からは——「桃の花民天子の姓を知らず」「桃の花隠れ家なるに吠ゆる犬」

なかに、わが探偵眼からは、これもそうじゃあるまいか、という句もある。たとえば、

焼芋を頭巾に受くる和尚哉

これは「淵明把菊」のなかで、郡守がたずねてきて酒を贈った、その酒がやっ

と熟成してきた、そこで、
「頭上の葛巾《かつきん》をとって酒を漉《こ》し、畢《お》わってまたこれを著《つ》く」
と陶淵明がまこと無雑作、無頓着に振舞うのである。この酒を頭巾で漉したあとその頭巾を無雑にまたかぶった。あっさりした姿を、漱石は好み記憶にとどめた。そこでこの漱石句の和尚さんは無頓着の陶淵明そっくりになった。

漱石俳句集をめくっていると、砧《きぬた》のひびきがところどころで聞こえてくるのに、ふと手をとめることがある。キヌタは衣板《きぬいた》からの転で、織った布を板の台にのせ、槌《つち》でたたいて柔らかくする。なかには台が石のものがあって、砧の字ができた。

明治の文明開化の世となっては、いくら松山や熊本という城下町でもまさか砧の音である感懐をもよおすこともあるまいから、秋の季語の砧を思うがままに使って漱石先生はみずからも楽しんだものにちがいない。

謡曲『砧』では、空すさまじき月の夜、里人《さとびと》の砧うつ音に九州芦屋《あしや》にいる妻が、久しく京に上って帰らぬ夫を慕い、みずからも西よりの秋の風にのせて夫へ吹き送れと砧を打つ。つまりは唐の詩人李白《りはく》が歌った『子夜呉歌』の「万戸《ばんこ》衣を擣《う》つの声」の昔から、恋しき人を偲びつつ寂しき女はしきりに砧を打つのである。

李白というと、これまでは明治二十九年の作の、

花に来たり瑟《しつ》を鼓《こ》するに意ある人

の句をあげて、漱石先生の李白への想いを説くものが多い。「山中対酌《たいしゃく》」なる李白の詩の「我酔うて眠らんと欲す　君且《しばら》く去れ／明朝意あらば　琴を抱いて来たれ」の、漱石句は続篇のごとし、というわけである。

そんな微細なことよりも、根からの好みで、酒をろくすっぽ飲めないくせにどうしたことか漱石は、酒仙《しゅせん》といわれるこの詩人の豪放磊落《ごうほうらいらく》、飄逸《ひょういつ》さをこよなく好んでいた。

とくに「長安一片の月」と大きく歌いだしてとたんに眼を地上に転じ「万戸衣を擣つの声」と、名もなき人びとの悲しいため息、夫を慕う切々たる情を読みとる李白の詩心に、満腔《まんこう》の敬意を表していた。

うてや砧これは都の詩人なり

この漱石句は李白その人を詠んだものならん。漱石はわれもまた遠くの人を慕う遊子《ゆうし》であることを歌う。

打てばひびく百戸余りの砧哉
衣擣《きぬう》って郎に贈らん小包で
砧うつ真夜中頃に句を得たり

ついでに師匠の子規の砧の一句を。

三千の遊女に砧うたせばや

これはまたなんとも派手な心意気であることよ。病床にある子規はこれくらい威勢よく歌って、自分を元気づけていたのであろうか。漱石が私淑《ししゅく》している蕪村にはちょっと読み方のわからない一句がある。

遠近をちこちと打つ砧かな

「遠近」を〝遠く近く〟と読むのがいいか、〝えんきん〟と字足らずながら普通に読むのがいいか。〝をちこち〟と読んで、をちこちをちこちとさながら砧の音のごとくにするのがいいか。遠く近くと読んで距離の遠近と解して、つぎのをちこちは距離と砧の音との両方をふくませると、ちょっと洒落た句になるか。この洒落を活かしたような漱石の句もある。

遠近《おちこち》の砧に雁の落るなり

いずれにしても、尽きざる寂寥《せきりよう》のうちにあって聞こえくる砧の音に、静かに沈潜《ちんせん》してものを想うの情景は、李白の名作によって決定づけられたの感がある。そうしたのちの人の砧の詩は、それを意識においている、とみるほかはない。そういえば、漱石には李白その人を詠んだ一句もあった。

白牡丹《ぼたん》李白が顔に崩れけり

唐時代の古都洛陽《らくよう》は牡丹の名所で有名なのである。

第四話　おもしろい俳句26句

◇一、春

春寒し墓に懸けたる季子の剣

中国の歴史的故事をふまえている。この話は、漱石の若い日からの愛読書である『蒙求』にもあるけれど、わが好みで司馬遷『史記』のほうから。

「季札《きさつ》（季子のこと）の初め使いするに、北の徐君に過《よぎ》る。徐君季札の剣を好む。口にあえて言わず。季札心にこれを知る。使となりて国に上りていまだ献ぜず。還りて徐に至る。徐君すでに死せり。ここにおいてなおその宝剣を解く。これを徐君の冢樹《ちょうじゅ》にかけて去る」

友人が自分の帯びる剣を欲しがっている。それとわかっていたが、晋の国へ使いに行く途中なので献ずるわけにはいかなかった。任務をはたしての帰途、立寄って剣を改めて贈ろうとしたら、徐君は死んでいた。季子は剣をその墓にかけて去り心中の誓いをはたした。

信を重んずる男の心意気が、『史記』の簡潔な文によくでている。『蒙求』では「延陵の季故《こ》を忘れず、千金の剣を脱《と》きて丘墓に帯《お》ばしむ」と歌でたたえている。漱石先生もまたこの事で句のほとんどを埋めて「春寒し」と、襟を正さしむるような凜冽《りんれつ》さで、この信をたたえたのである。ほかの季語じゃよろしくない。

雨晴れて南山春の雲を吐く

『草枕』を書いたのが明治三十九年夏、その十年前の春に、もう『草枕』にそのまま使えそうなこの句を詠んでいる。

〈うれしい事に東洋の詩歌はそこ（半藤注・浮世の俗念）を解脱したのがある。採菊東籬下《きくをとるとうりのもと》、悠然見南山。ただそれぎりの裏《うち》に暑苦しい世の中を丸で忘れた光景が出てくる〉

『草枕』の一節に書かれているように、まわりのゴタゴタを忘れて、のんびりした心持で、鑑賞するといい。雨のあがったのちに、南山に春らしい雲のかかるのを、悠然としてみている、のどかであるな、と。

山が雲を吐いているとは、うまい表現である。

漢詩は、ご存じのように中国の詩人陶淵明のもの。あとのほうを「悠然として南山を見る」といくらか能動的に読むのがふつうであるが、それは違っているという説を聞いた。中国人にいわせると、南山を見るのではなく、南山が自然と見えるのだ。雨が降るのが降雨、春になるのが立春、それと同じ書き方で見南山であるから、「南山見ユ」でいい、というが。

　　ものいはず童子遠くの梅を指す

芭蕉の高弟のひとりである服部嵐雪《らんせつ》の句に「沙魚《はぜ》釣るや水村山郭《すいそんさんかく》酒旗の風」というのがある。これを読んだとき、思わず腰をぬかした。

唐の詩人の杜牧の「江南の春」という漢詩が、ただちに想いだされたからである。詩吟でもよく歌われている。「千里鶯啼《な》きて緑紅に映ず　水村山郭酒旗の風」と。なんだい、これは、同んなじじゃないか。と思ったものの、江戸時代の俳句には本歌どり、あるいは「ふまえる」ということが常識であって、びっくりするほどでないことをあとで知った。なにをふまえてものの見事に自然の句が作れるか、とその芸を競ったのである。

漱石のこの句も、江戸俳句にならって本歌どりで、あざやかさをみせたもの。出典は同じ杜牧の「清明」という漢詩の後半である。

「借問す酒家いずれのところにかある　牧童はるかに指さす杏花の村」

質問に牧童は、黙って遠くのほうを指さした。そのアンズの花を梅の花にかえて、漱石は得意である。そして漱石先生は本歌どりの名手でもあった。幼少時代より書物はもとより、寄席や料亭などで仕込んだ実体験がものをいった。

梅の詩を得たりと叩く月の門

中国は唐の時代に、賈島《かとう》という詩人がいた。あるとき「鳥は宿す池辺の樹　僧は推す月下の門」という句を考えだしたが、「僧は推す」は「僧は敲《たた》く」としたほうがよいように思えてならなかった。

推すか敲くかで、悩みに悩んでいたら、先輩の韓愈という大詩人に出会った。

韓愈はにっこり笑うと、「それはもう敲くのほうがはるかによい」とあっさり判定を下した。

詩文の字句をなんどもねり直すことを、推敲という。これはこの故事にもとづいている。……なんていうのはいろいろな書にすでに紹介されている。先刻ご存じであろう。この話から芭蕉は「三井寺の門叩かばやけふの月」を詠み、蕪村にも「寒月や門をたたけば沓《くつ》の音」の句がある。いずれも本歌どりの佳句である。

そしてわが漱石先生にも、月と門と叩くのこの一句がある。しかもわが先生のはその上に梅までたして賑やかにやっている。欲深いことである。

いまの俳人鎌倉佐弓氏に「春眠る漱石の『門』開け放し」という佳句がある。

桃の花民天子の姓を知らず

治まれる明治の御代《みよ》も三十年、天皇を元首にいただいて民衆は平和な春を迎えている。民草は尊貴な御方の姓も知らぬままに、お上とか天皇さまとあがめ奉っている……という意とこの句を解する人も多かろう。それは誤っている。

漱石先生はわけもわからず天皇を神とあがめるような人ではない。もっと理性の人である。この句は明治の御代なんかではなく、漱石があこがれとする桃源郷を詠んでいるのである。陶淵明の作『桃花源記』をふまえて、その地は平和にして、老若男女貴賤貧富の区別もなく、のどかなところならんと想像しているのである。俗界の天子なんかまったく関係がない。

漱石の愛読する『蒙求』には「武陵桃源」として、桃源の奥の別天地がこんなふうに描かれている。「土地平昿《へいこう》にして、屋舎儼然《げんぜん》、良田美池桑竹の属あり。……男女の衣著《いちゃく》ことごとく外人の如く、黄髪垂髫《こうはつすいちょう》、怡然《いぜん》としてみずから楽しむ」と。こののどかさである。

漱石先生も、陶淵明がそうであったように、魂だけでも桃源郷に行き、桃花洞の主に迎えられたい、と思っていたのである。

醋熟《さくじゅく》して三聖顰《ひん》す桃の花

「醋」は酢に同じ。醋酸といえばただちに了解されよう。桃花酸が熟して、もうすっぱくてすっぱくて、という状態のものをぺろりとなめた。三聖すなわち孔子と老子と釈迦だって、思わずウヘェーと顰す、つまり「おお、すっぺえ」と眉をひそめないわけにはいかなかった。まことにユーモラスな句意なのである。

いかめしい聖人たちが顔をくちゃくちゃにすっぱがる様を想像することは、漱石でなくとも楽しい。もともとは狩野派の画題にあったのを、漱石先生はわが意をえたりと句にした。

画題は「三聖吸醋」といい、要は儒教も道教も仏教も、その教えを異にするものの、その帰するところは一なりの意を寓したものという。

ところで、「顰す」という語であるが、出典は『荘子』にあり「顰に倣った」として用いられる。絶世の美人西施《せいし》が咳をするたび眉をしかめた、これをみた村のみにくい女がそれを真似て眉をしかめ美人にあやかろうとした、という話である。すでに書いたが、漱石は、いくつかの小説のなかでさかんに使っている。

土筆《つくし》物言はずすんすんとのびたり

これもすでにふれたが、ほかにも「ものいはぬ案山子《かかし》に鳥の近寄らず」という〝沈黙は金〟みたいな句がある。

この案山子の句は『老子』の「知者不言、言者不知」に出典をおいている。くり返すが、知るものは言わず、言うものは知らず、である。

この土筆の句もまた、老子の右の言葉によるのかな、とはじめはあっさりと解していたが、どうもちょっぴり趣きを異にしている。それほど理屈っぽくはなく、あっさりしている。

となると、『老子』ではなく、つぎに同じようないい方で知られている「桃李《とうり》もの言わず、下おのずから蹊《けい》を成す」（桃李不言、下自成蹊）をあてはめたくなってくる。出典は『史記』の名将中の名将である李広将軍伝で、有徳の人のもとには「もの言わず」とも、自然に人びとが慕い集まるのたとえで用いられる。

そこで漱石先生は、この「桃李もの言わず」の桃や李を、花も実もない土筆にかえて、すっとぼけてみせた。美しい花や美味な実なんかありません、こっちはただ人知れずすんすんとのびるのみでありますと。佳句である。

行春《ゆくはる》や瓊觴《けいしょう》山《やま》を流れ出る

岩波文庫の『漱石俳句集』の脚注には「瓊—美しい玉。ここでは酒。觴山—さかずきの山。湘山（洞庭山）をもじった表現か」とある。読みも「けいしょうざんを流れ出る」となっている。どうやら誤った解のような気がしている。

瓊はきれいな玉。瓊杯といえば玉杯のこと。觴は酒杯、さかずきのこと。したがって瓊觴は文句なしに美しい玉杯のことで、句意は、きれいな玉杯が川の流れにのって山奥からどんぶらこと流れてきた、ということなのである。漱石が好む『蒙求』の「武陵桃源」とならんでいる「劉阮《りゅうげん》天台」によって、漱石はこの句をものしたのではないか。

この話は、劉晨《しん》と阮肇《ちょう》の二人が天台山中の仙郷に迷いこみ、仙女と歓楽をともにして、半年後に帰ってきたらもう知る人もなく、七代後の子孫に出会ったという浦島太郎のような仙郷譚。実は、その山中に迷いこんだのも、桃の実を食い、川に美しい玉杯がうかんで流れ下るのをみ、川上に人あらんかと思ったのが初まりであった。

漱石先生らしく『蒙求』の二話のどちらにも礼をはらった、とみるのが正しくはないか。

寒徹骨梅を娶《めと》ると夢みけり

寒徹骨《かんてつこつ》と読むか、寒さ骨に徹すと字余りに読むか。この日本語らしくない言葉はもう後者にきまっている。それで探すと、『黄山谷詩集』の「石怪の画に酷《さく》をなむる翁に題す」のなかに見つかった。「誰か知らん、膊《はく》を聳《そび》やかし、寒さ骨に徹するを、図画呉生の筆を減せず」とあり、寒気凜冽《りんれつ》の世界を形容として描くときに使われている。

欄干《らんかん》に倚《よ》れば下から乙鳥《つばめ》哉

どこにも漢詩文的な匂いのしない句であるが、これだって「欄干に倚れば」という語法を疑えば疑うに足るような気になる。で、目ん玉をあけてみてみれば、あった！　あった！　と喜べるような詩句が向うからとびこんでくる。『真山民詩集』の「春暁雨寒し」という詩である。「破暁の簷花《えんか》いまだ乾を放たず、衣を披《ひら》いて夢に和し欄干に倚る」。そして『禅林類聚』の「餬餅《こへい》」にも「佳人寂寞として欄干に倚り、断腸の曲調人の聴く無し」とある。なんとなく人が欄干に倚るときは、その人が佳人であり、さみしげな姿にきまっているようである。

二、夏

夏来ぬと又長鋏《ちょうきょう》を弾ずらく

司馬遷『史記』孟嘗君《もうしょうくん》伝にある故事を知らないと、この句はなんのことかわからない。

中国の戦国時代、斉《せい》の国の孟嘗君のもとに馮驩《ふうかん》という猛将が訪れた。しかしせっかくやってきたのに、その待遇がひどく悪いことに不満を抱いたこの将軍は、愛剣のつかをたたいて「長鋏帰らんか」と歌って、去っていく意を示した。

漱石先生の句は、この故事を背景にして詠まれている。しかもわざわざ「熊本にて」の前書きがついている。明治三十年の作であるから、熊本在住すでに満一年たって、いまさらなんの不平不満があって「長鋏を弾」じ「東京へ帰らんか」と嫌味をのべようというのか。

文学に身を入れたいという望み、教師は嫌だの想い、気のきかない学生への不満といろいろあるが、いの一番の理由は熊本の夏の暑さではないか。夏が来てまた、とこれまた強調していうあたりに暑さへの鬱憤がこめられている。

それにしても大ゲサじゃありませんか、といったら、熊本の人は目を丸くして「いや、漱石先生の気持がわかる」といった。

馬に二人霧を出でたり鈴の音

「馬に二人」というから駈け落ちの男女でもあるのであろうか。できるだけ人目につきたくないのに霧も晴れてきて、その上に馬につけた鈴の音がやに響く、これでは追っ手に見つかってしまう……なんて勝手に誤読してみる。二人を夫婦ととったら実につまらない。当然のこと、恋人同士。と、状況はわかるけれど、それが正しいかどうか、内容はさっぱりわからない、迷わせられる句である。

こんなとき「五里霧中な駄句というべきだな」と洒落《しやれ》ていったらいいのかもしれない。これも『後漢書』にある語で、五里四方の霧のなかにあって方角がわからない、転じてわけがわからなくて困惑するときに使うのである。

「楷《かい》、字《あざな》は公超《こうちょう》、……性（生まれながら）道術を好み、よく五里の霧を作《な》す。時に関西の人裴優《はいゆう》、またよく三里の霧を作す」

三里だの五里だのと、なんとなくケムに巻かれたような話であるが、ま、中国流の忍術というところか。そこから「五里霧」（人を迷わす）という語ができ、さらに五里霧・中となった。よく「ゴリ・ムチュウ」と読んでいるが、ことの起こりを知らないからである。脱線した話で終って失礼！

妾宅や牡丹に会す琴の弟子

おめかけさんが琴の師匠をやっている。旦那が出かけていったら、そこで出会ったお弟子さんがまた、とびきりの美女で……と解するのが、いちばん素直な解釈かもしれない。が、ひねくれて、実はその弟子が若い男で、それも役者みたいなイケメンで、おめかけさんとわりない仲になっている。それがわかっていながら旦那は知らん顔をしている、とするのも面白い見方となろうか。

唐の詩人王叡《おうえい》は「牡丹の妖艶は人心を乱して、一国狂する如く金を惜しまず」と歌った。百花の王とされるくらいの牡丹の魅力に、漱石先生ですら思わず妖《あや》しげな気分になったのかもしれない。堅物の漱石が妾宅を構えていたとは思えないから、創作に違いないと思うが。ときに漱石は三十歳。

三、秋

先生の疎髯《そぜん》を吹くや秋の風

五高（旧制の第五高等学校）秋季雑詠の〝教室〟を詠んだうちの一句である。ちらっと芭蕉「髭風《ひげ》を吹いて暮秋歎ずるは誰《た》が子ぞ」の一句を想いだせるが、関係はなかろう。ヒゲにはいろいろあって、読み方はいずれもヒゲであるが、鼻の下は髭で、頰のは髯、あごのひげが鬚である。

むしろ、漱石が好んで読んだ中国の古書『列仙伝』が、句のうしろにあるような気がする。中国の仙人ばかりを書いた本で、漱石はさし絵を面白がっている（『思ひ出す事など』）。

〈こういう頭の平らな男でなければ仙人になる資格がないのだろうと思ったり、又こういう疎《まばら》な髯を風に吹かせなければ仙人の群に入る事は覚束ないのだろうと思ったりして……〉

五高に当時、そんな頰ひげを風になびかせた仙人みたいな教授がいたのかどうか、つまびらかにしない。漱石の五高教授時代の記念写真をみると、ずらりとならんだ教授連はみんなひげをはやして、いかめしい顔をしている。ひげなくては男子にあらずの時代風潮であった。

それはともかくとして、『列仙伝』中の仙人たちをその記念写真のなかにならべてみると、この句はかなりユーモラスなものになってくる。

憂ひあらば此酒に酔へ菊の主

菊の季節、憂いを忘れるために酒を飲む、となれば、漱石も愛した陶淵明の「飲酒二十首」のなかにある。「秋菊佳色あり、露にうるおうその英《はなぶさ》をとる、この忘憂のものにうかぶれば、わが世を遺《わす》るるの情を遠くす」。漱石句はこの詩をそっくり十七文字にしたようなものといえるが、それにしたって忘憂の酒を詠んでなかなか上手である。

酒というものは、たしかに「忘憂のもの」といえる。酒が好きで、人間が嫌いだなんていう人はまずいない。酒だって人間だって微妙な生きものなんである。酒になじんで親しくできる人が、どうして人間に親しめないはずはない。「酒はまさしく天の美禄《びろく》なり」（貝原益軒）なのである。

人間ばかりでなく蚤《のみ》と親しくなった人もいる。大田南畝《なんぽ》で、ご機嫌で一杯きこしめしていたら、盃に蚤が一匹、とびこんだ。そこで一首、

「盃に飛びこむのみものみ仲間酒のみなれば殺されもせず」

盃のなかの蚤が返歌としゃれた。

「のみに来たおれをひねりて殺すなよのみ逃げはせぬ晩に来てさす」

蚤の歌のおしまいの「さす」は、チクリと刺すが第一義なことはいうまでもないが、差しつ差されつの酒盛りの意も掛けてある。酒を好まない人は気づかないかもしれないので、念のために。

黄菊白菊酒中の天地貧ならず

禅の言葉に「別是一壺天」（別に是《こ》れ一壺《いっこ》の天）がある。小さな壺のなかには、壺のなかの天地がある、という意である。話はつぎのとおり。

費長房《ひちょうぼう》という人物がいて、ある日、ふと知り合った仙人に大きな壺のなかに案内してもらった。壺のなかは天も地も無限にひろがっていて、どんどん入っていくと、仙人たちが集まって楽しく酒をのんだり、ウーロン茶をのんだりして、

ゆったりとのんびりと遊んでいた。

中国の神仙譚の一つで、『後漢書』にも、漱石の愛読書『蒙求』にもある話。そして漱石は『草枕』で「壺中の天地に歓喜する」とこの言葉を使っている。

壺中の天地を酒中の天地にかえて、この句もおそらくそこに発想の源泉をおいていよう。一見貧しげな生活をしているが、酒もある、黄菊白菊も美しく咲いている。小さく狭い世界なろうとそこの楽しみがある、君よ、大いに飲み給え、と漱石は気炎をあげてみせているのである。「酒中の天」といったところは、下戸《げこ》の漱石先生としては豪勢な工夫である。

なお、服部嵐雪に「黄菊白菊その外の名はなくもかな」の句がある。

御立ちやるか御立ちやれ新酒菊の花

しばらく松山の「愚陀仏庵」でいっしょに暮らした正岡子規が、病癒えて東京へ帰っていく。そのときの「送子規」と前書きのある送別句である。庭前の菊の花を眺めながら、新酒を酌んで君の旅立ちの無事を祈る、という意である。上五、中七の松山方言を江戸ッ子漱石がわざと使って、松山生まれの子規へのはなむけとしている。そこがこの句のすこぶるよろしいところである。おどけた語調のうしろに別離の悲しみがこめられている。

菊と酒には、中国からきた故事がある。菊は延年のめでたいものとし、九月九日の重陽の節句に菊花を酒杯に浮かべて小高いところで飲むと長生きができる、という。漱石の愛読書『蒙求』に「桓景登高」としてその伝説が説かれている。それを背景にして句を詠んだのか。

「子規よ、どうか長生きをしてくれ」と。

もっとも、中国のこの菊酒の故事は、わりと早く日本に伝来して、朝廷では重陽の節会《せちえ》といって菊酒の宴をきまってひらいている。『蒙求』なんか想起しなくても、このくらいの細工は漱石先生にはお茶のこさいさいであったろうが。

蛤《はまぐり》とならざるをいたみ菊の露

出典が何か知らないと、意味のわからない句といえる。『礼記《らいき》』に「季秋の月、……雀大水に入りて蛤となる」。大蛤のことを蜃《しん》という。その蜃が「よく気を吐きて楼台をつくる」、楼台とはつまり蜃気楼である。市街のような形が海上にまぼろしのごとくあらわれる、それは蛤がつくったもの、というのだから豪気である。『国語』にも「雀海に入って蛤となる」とある。

どうしてそんな奇妙奇天烈なことが、中国の古典に書かれているのか。それを知識豊かな明治の文人たちは愉快に思ったのである。

「蛤になりそこねてや稲雀」とは正岡子規の句。

漱石先生は、道ばたの草むらでみつけた雀の死骸を白菊の下に葬ってやった、そしてこの句をつくった。その心のやさしさ、温かさにふれえたようないい句である。

雀が蛤になる、といった奇説は歴史上にいくつもある。その一つ、信長殺しの逆臣明智光秀は小栗栖《おぐるす》の竹藪で死んではいない。のちに家康の智恵袋の天海僧正に化身して酬われた第二の人生を送ったという伝承なんか、最高に愉快である。まさに雀変じて蛤なのである。

累々と徳弧《こ》ならずの蜜柑《みかん》哉

熊本市西郊の河内地区から天水町への海岸線は、ミカンの名産地。漱石先生も来熊の年の秋から冬へ、その見事なミカンのなりようをみて、目をみはったに違いない。
十年後に書いた『草枕』にも、印象ぶかくミカン山のことを思いだしている。〈左り手がなだらかな谷へ落ちて、蜜柑が一面に植えてある〉〈三丁程上ると、向うに白壁の一構が見える。蜜柑のなかの住居《すまい》だなと思う〉
そこでふつうの俳人ならさっそく写生句、となるところを『論語』をひっぱりだして独得のものとする、そこに漱石先生の真骨頂がある。すなわち、里仁篇の「徳は孤ならず必ず隣あり」を、いっぱいミカンのなっている風景とした。たしかに蜜柑はそんなふうに生る。
この、有徳の士のもとには、人格を慕って多くの人が集まってくる、という意の金言には、もう一つ、すでにいっぺん引用したが、『史記』の「桃李もの言わず、下おのずから蹊を成す」がある。これを日本人は、桃や李《すもも》の花は美しいから自然に木の下に道ができる、と解釈する。が、中国人は、桃や李の実はおいしいから、と解くと聞いた。ずいぶん違うものであるな。

◇四、冬

緑竹の猗々《いい》たり霏々《ひひ》と雪が降る

「霏々と」は雪がしきりに降るさまをいう。この形容はいまでも使うからただちにわかるが、「猗々たり」のほうにはまったくの初対面で面くらってしまう。

漢学者の先輩の知恵を借りることにした。

「ウム、まず中国最古の詩集である『詩経』にあるな。〝彼《か》の淇《き》の奥を瞻《み》れば、緑竹猗猗たり〟。恐らく漱石は『詩経』を参考にしたものならん。『空谷集』にもある。〝晦に似たり明に似たり、緑竹猗々たり〟とな。竹の緑があざやかに映ずるという意味だな」

この説明によっても明らかなように、「猗々たり」とは美しく盛んになることの形容なのである。盛んに降るまっ白な雪のなかに、緑色のいちだんとあざやかな竹をみて、漱石先生はかつて読んだ『詩経』の印象的な一句を想起したものならん。学のある人の句の鑑賞は骨が折れるし、雪の白と竹の緑はいわば常套ではあるけれど、わかってみるとなかなかの佳句に思えてくる。「猗々」「霏々」という畳語の使い方も巧妙である。後年の漢詩「題結城素明画」にも「雪後荊榛裏猗猗緑竹残」の一句がある。漱石は「猗々」が好きであったのであろう。

梁上《りようじよう》の君子と語る夜寒かな

「梁上の君子」とはご存じのとおりドロボーの別名である。『後漢書』という中国の古典に、梁《はり》の上に賊がかくれているのに気がついて、子や孫を呼んで、「いいか、人の本性は善良なんだ。自分でつとめて励んで、不善に陥らぬようにすべきである。悪人も決して根からの悪人ではあるまい。悪い習慣がつけば悪人となる。梁上の君子がそれだ」

と訓戒した人の話があり、賊は梁からおりて罪の許しを乞うたという。

それをうけて漱石の句は、冬の夜寒にしみじみと泥的と語り合った、とする解があるが、それはおかしいのじゃないか。梁の上のこそ泥から転じて、ネズミがこの優雅な名をいただいた。こそ泥を鼠賊《そぞく》というのもそこからである。漱石が対話しているのも、人間のこそ泥ではなく、熊本のネズミが相手としたほうが、句が楽しくなる。それとも相手は講談などでおなじみの鼠小僧次郎吉か。「義賊だなんていい気にならず、足を洗ってカタギになれ」。漱石先生は空想裡にそう説教していたのかもしれない。

梁山泊毛脛《りようざんぱくけずね》の多き榾火《ほたび》哉

「よし、水滸伝《すいこでん》を題材にオレも一句ものしてやれ」と何日もかかって苦吟しても、とてもこうはつくれない。漱石先生のいう「俳句はアイディアとレトリック」の真骨頂をみるような句である。しかも二十八歳のときの作、とてもかなわない。

「毛脛」が荒くれ男の風貌をうまくとらえ、「榾火」が奥深い天険の要地を見事に想像させる。よくひとつの例として「かの水滸伝のあぶれ者が梁山泊へ集りしも、かくやとばかり思われけり」といったいい方で梁山泊が使われるが、漱石句はそうではなく、まさに『水滸伝』中の場面そのものを描いたもの、そこがまた面白いところである。

中国四大奇書の一の長篇小説『水滸伝』は、山東省にある梁山のふもとの地に、宋江《そうこう》を総大将とする義賊百八人が砦《とりで》をきずいて立てこもったという豪快悲壮の物語である。と、一般にはなっている。作者は施耐庵《したいあん》、完成は宋代の終りか明《みん》代の初め。が、事実は百八人ではなく、『宋史』によると「宋江三十六人」と記されているという。なあーんだ、などというなかれ。いずれにせよ豪傑ばかりが三十六人、大反乱であった。漱石先生も豪傑ぶって詠んでいる。

水仙白く古道顔色を照らしけり

水仙は漱石の好む花であった。『吾輩は猫である』二章、『草枕』六章にはじまって、『永日小品』『思ひ出す事など』におよぶまで、作品のなかに水仙をしきりにだしてくる。句も十句詠んでいる。さらには絵筆をふるって竹籠に投げ入れた「水仙図」をものしている。この絵は爽気があってなかなかにいい。

花のあまりない厳寒を凌いできっちりと咲く水仙花には、漱石が大事にする気品がある。それを句にするとき、中国は宋の末期の武将にして詩人の文天祥の、有名な「正気歌《せいきのうた》」に托したあたり、漱石先生の芸のみせどころである。宋朝の滅亡のさいに捕らえられ、元軍によって獄に幽閉されて三年、元が宰相の地位を約束して投降をすすめてもこの人は拒絶しつづけた。「正気歌」はその不屈の、すがすがしい精神からうまれた作品である。

その六十行におよぶ長詩の終りが「風簷《ふうえん》展書読／古道照顔色」とある。風の吹く軒端《のきば》で書を読めば、古の義人たちの節義を全うした様が眼前に浮かぶの意。中七、下五をそっくりこの詩からいただいて、漱石は水仙の花に人としての高風をみとめたのである。

温泉や水滑かに去年《こぞ》の垢

『草枕』の舞台となった天水町の小天温泉での作である。『草枕』にも、〈這《は》入《い》る度に考え出すのは、白楽天の温泉水滑洗凝脂《おんせんみずなめらかにしてぎょうしをあらう》という句だけである。温泉という名を聞けば必ずこの句にあらわれたような愉快な気持になる〉とあって、この句の出どころが白楽天の漢詩「長恨歌」にあることを明らかにしている。

白楽天の詩は、楊貴妃が華清宮の温泉に浴している情景を歌ったもので、凝脂という言葉のなかにムチムチと豊満で、美人で、色気たっぷりで、酒好きの楊貴妃が表現されている。

この句は、洗い落としている作者の去年の垢に主眼があると解しては、ちっとも面白くない。水滑かに、つまりスベスベした美人の玉の肌にふれたような気分で、と鑑賞したほうがよろしい。そこに『草枕』のヌードの那美さんがあらわれてくる。

茶煙禅榻《ぜんとう》外は師走の日影哉

こんなむつかしい語のあるのは依拠する古典があるにきまっている。と、狙いをつければすぐに見つかるものである。漱石が若くして愛読した『三体詩』にある唐の詩人杜牧の「酔後、僧院に題す」というかなり有名な詩にある。「今日鬢糸《びんし》　禅榻の畔《ほとり》、茶煙軽く颺《あが》る　落花の風」。これあるかな、これあるかな。なお「禅榻」とは座禅用の椅子である。師走のあわただしさをよそに、禅寺の閑寂しさを漱石はうまく詠んでいる。

屑買《くずかい》に此髭売らん大晦日

どうにも現代人には理解の及ばない句である。くず屋さんがはたして髭をいくばくかの値段で買ってくれる、なんてことが日本の昔にはあったのかどうか、残念ながらわからない。大晦日の借金の払いに困って、長年かかって大事にのばしてきた髭を売りとばした、と句意はそんなところなのか。妙な句であるな、と大抵の人は思うであろう。玉手箱をあけてみれば、例によって裏側に、古典の話がふまえられているようなのである。漱石が少年時代よりずっと愛読してきた『蒙求』にこれに近いエピソードがある。「陶侃《とうかん》酒限」という項で、貧しい県の役人をしていた陶侃のもとに突然に中央の官吏が訪ねてきた。すると、

「その母すなわち髪を截《き》りて雙髪《そうひ》（二つのかもじ）を得、もって酒肴《しゆこう》にかえ、官吏をもてなし、楽しく飲み歓びをつくさしめた」

おかげで、のちに陶侃は出世して軍務大臣から長沙郡公にまでなったという。ただしかかる出世譚なんか好まぬから、漱石先生は大晦日の苦しい借金の算段にかえた、とわたくしは考える。漱石らしさがそこにあるといえばいえるが。

おわりに

『漱石先生ぞな、もし』（正続）『漱石先生お久しぶりです』『漱石先生大いに笑う』など、わたくしはこれまでに漱石に関するエッセイとも研究ともつかぬ、すべて探偵的与太話の本を何冊もだしている。それぞれの本の「あとがき」で、まことに無駄話というか、気楽に読めそうなものを集めた本で、あまり世のためにならないと、かならずお断りしている。本書もまた然りである。もともとが昭和史を中心とする日本近現代史の歴史探偵を自称している老骨で、漱石研究の専門家でも、日本文学に深い造詣を持つものにもあらず、文学に関してはズブの素人といったほうが正しいのである。

そうではあるが、今年は漱石没後百年、来年が生誕百五十年という節目の年に当る、と聞かされれば、おのずから、あに奮起せざるべけんやと勇み立つ。そこが東京は向島生まれのおっちょこちょいたる所以《ゆえん》ということになる。

もちろん、漱石先生が探偵ぎらいとはとうに承知している。『草枕』の観海寺

の大徹和尚の口を借りて、漱石は、

〈探偵？　成程、それじゃ警察じゃの。（中略）何の役に立つかの。なけりゃならんかいの。（以下略）〉（十一章）

と、探偵をこっぴどくくさしている。何の役にも立たんといっている。

その探偵（自称）が一杯機嫌で礼儀作法をわきまえず、節目の年の〝記念〟に、という理由づけで、十数年ぶりにまたまた書き溜めてあった「ぞなもし」ものをだす。そのことが、多分に泉下の漱石先生にとっては苦虫を嚙みつぶすような無礼であることぐらい、いくらかはわきまえている。

でも、人生とはまことに奇なるもののようである。フランスの作家アナトール・フランスがいうように「偶然は、つまるところ神の摂理」なのかもしれない。じつは孫の北村淳子が昨年の春にＰＨＰ研究所に入社し、文庫出版部に配属される妙なことに相成った。そんなこんなで……あとは省筆するが、漱石先生の不愉快もお構いなしに本書が世に出ることとなったのである。

ともあれ、漱石探偵としてのわたくしの「ぞなもし」ものも、最初の『漱石先生ぞな、もし』を出してから二十四年経って、これで大団円を迎えることとなった。長い間の読者の皆様のご愛読を心から感謝するばかりである。なお、本書には拙著に一度載ったものも手入れして加えてあることをお断りしたい。いずれもわたくしには愛着の深いものばかりなので。

引用の漱石作品については、句歌をのぞいて、これまでの本と同様に、若い人にも読みやすいようにと考え、不作法ながら適宜、常用漢字、新かなに改め、句読点などほどこした。漢字を仮名書きに改めたものもある。とくに書簡の場合にはそうした。文献的には参考にならないことはこれまでの本と同様である。なお発句は原則として岩波新書版に準拠している。

二〇一六（平成二十八）年九月六日

半藤　一利

著者紹介

半藤一利（はんどう　かずとし）

作家、歴史探偵を自称。1930年東京生まれ。1953年東京大学文学部卒業。同年㈱文藝春秋入社。「週刊文春」「文藝春秋」各編集長、出版局長、専務取締役などを歴任、退社後、文筆業で活躍。

主な著書に『昭和史』『昭和史　戦後篇』『Ｂ面昭和史』（以上、平凡社）、『聯合艦隊司令長官 山本五十六』『あの戦争と日本人』『日本のいちばん長い日』『漱石先生ぞな、もし』（以上、文春文庫）、『幕末史』（新潮文庫）、『荷風さんの昭和』『それからの海舟』（以上、ちくま文庫）、『歴史探偵 昭和史をゆく』『聖断』『安吾さんの太平洋戦争』『若い読者のための日本近代史』（以上、ＰＨＰ文庫）、『マッカーサーと日本占領』（ＰＨＰ研究所）など多数。

本書は、文庫オリジナル作品です。

市町村名、現地の情景描写、人物の肩書などは、原稿執筆当時のままとしています。

PHP文庫　漱石先生、探偵ぞなもし

2016年11月15日　第1版第1刷
2022年12月9日　第1版第3刷

著　者　半藤一利
発行者　永田貴之
発行所　株式会社ＰＨＰ研究所
東京本部　〒135-8137 江東区豊洲5-6-52
ビジネス・教養出版部　☎03-3520-9617(編集)
普及部　☎03-3520-9630(販売)
京都本部　〒601-8411 京都市南区西九条北ノ内町11

PHP INTERFACE　https://www.php.co.jp/

組　版　朝日メディアインターナショナル株式会社
印刷所
製本所　大日本印刷株式会社

©Kazutoshi Hando 2016 Printed in Japan
ISBN978-4-569-76659-1
※本書の無断複製(コピー・スキャン・デジタル化等)は著作権法で認められた場合を除き、禁じられています。また、本書を代行業者等に依頼してスキャンやデジタル化することは、いかなる場合でも認められておりません。
※落丁・乱丁本の場合は弊社制作管理部(☎03-3520-9626)へご連絡下さい。送料弊社負担にてお取り替えいたします。

PHP文庫

万葉集と日本の夜明け

半藤一利 著

最古の歌集『万葉集』から、日本と日本人の心の源流を読み解く――〝歴史探偵〟の著者が、現代の視点から楽しく、わかりやすく論じた好著。